鏡越しのラブストーリー

白濱千晶

東洋出版

鏡越しのラブストーリー

あなたは鏡の中に何を見る？　──今そこに映っている自分の姿？　それとも誰にも見せたことのない本当の自分の姿？　偽りの姿？　過去の姿？　未来の姿？　──あるいは鏡の中にいる自分以外の誰か……

人は鏡に映る自分の姿を見ているだけで色々なことを考え、想いを巡らせる。──楽しい時は鏡の中に夢を見て、辛く悲しい時は現実から逃避するために鏡の中に出口を探す。

あなたは時々、鏡に映る自分に向かって話しかけることはない？　──誰もが必ず経験しているはず。まるでそこに誰かがいるみたいに声に出して話しかけることを──それは鏡の中に誰かがいることを無意識のうちに知っているから……

私の名前は、ジェニー。職業は『鏡の精』。『鏡の精』といっても、あの、〝白雪姫〟に登場する、おどろおどろしい『鏡の精』とは違うの。何が違うのかって？　私は鏡そのものの中には住んでいない。そう、鏡のある所なら、世界中どこへでも行くことができる。

人間は、誰でも心の中に、鏡を持っている。生まれた時は、ピカピカに輝いているけど、成長すると共に、垢《あか》や埃《ほこり》が付いて、段々と汚れて曇ってくる。でも、喜び、希望、夢、愛といった、クリーナーが、鏡をピカピカに磨いてくれる。けれど全てに絶望したり、心が迷ってしまった時、人間は自分の力で鏡を磨くことができなくなってしまう。

そこで私、鏡の精の登場となる。気づかれない様にそっと鏡を覗き込み、絶妙なタイミングで鏡を拭いてあげるのだ。この絶妙なタイミングと云うのが、なかなか難しい。私はまだまだ新米なので、たまには失敗もする。鏡の精の先輩たちからは、〝ちょっと、人間の鏡に入り込み過ぎる〟と注意されることもある。――けれど立ち直りが早いので、この仕事には向いているみたい。

私たちの仕事は、ただ、鏡を拭くだけ――それ以上のことは、決してしてはならない。

目次

First cleaning

泣いている鏡

「今日は、朝から風が気持ち良いわ」

昨日まで、ずっと雨が降っていて、彼女は友達にメールする気にもなれなかった。

あのことを封印して以来、彼女は、鏡に向かって笑顔を作るのが、日課になっていた。

「よしっ、今日も可愛いわ。きれい、がんばれ」

と、声に出して言ってみる。まるで、自分に暗示でもかけるかの様に……。

「おはようございます。これが、今週のスケジュールです。個人的な予定や変更がございましたら、前もって、お聞かせ願えますか」

彼女の仕事は、秘書である。社長は彼女の父親だった。彼女は、裕福な家庭に生まれ、何不自由なく育ち、楽しい学生生活を送ってきた。大学を卒業すると一流企業に就職し、彼女なりに一生懸命働いた。父親の会社に呼ばれ、その会社を退職することになった時、皆惜しんでくれた程、仕事ができた。父親の会社に入った彼女は、当然周囲から不満と羨望の声は聞いたが、皆、彼女を受け入れてくれた。社長の娘なのだから、表向きは受け入れざるを得なかったといったところだろう。でも彼女は、こんな状況には慣れていた――子供の頃から――だから彼女は、自分の持っている力を精一杯生かしてがんばった。その甲斐あって、周囲も段々と彼女を認め始めた。本来、彼女はとても明るく、さっぱりとした性格だったので、誰からも、好感を持たれるようになった。しまいには、彼女が社長の娘であることを忘れる人さえいた。

休み時間、今日も彼女は化粧を直すために鏡に向かっていた。そして、いつもの様に笑顔を作った後、小さな声で、「がんばれ」とつぶやいた。


ジェニーは彼女の様子を鏡越しに見ていた。彼女と出会ったのは、つい最近のことだった……。ジェニーが鏡の中を散歩していると、「今日も可愛いわ。きれい、がんばれ」と誰かの声が聞こえてきた。ジェニーは、誰かが自分のことを言っているのかと思い、うれしくなって声のする方を見に行った。よく考えれば、鏡の中のジェニーの姿が、鏡の外にいる人間に見える訳がなかったのだが、見に行かずにはいられなかった。

そこには、本当に可愛くて、きれいな女性がいた。その時が、ジェニーが彼女を見た最初だった。彼女の名前は京香《きょうか》。京香は、鏡に向かって独りごとを言う癖があった。ジェニーは、京香の独りごとを聞くのが楽しかった。

「もう、やってらんないわ。こんな仕事辞めてやる」

「でも、あなたががんばらないと、他に誰がやるの。大人になって」

「よしっ、やってやるわ」

などと、不満を言ったかと思うと、その自分をなだめて、誉めて解消していく。なかなか愉快だった。でも、なぜいつも、〝がんばれ〟って励ましているんだろう？

それからというもの、ジェニーは彼女の鏡が、いつも、いつも、気になっていた。彼女の鏡は、曇ってはいなかった。ピカピカに輝いていた。でもその鏡は濡れていた。——まるで泣いているかの様に……。そして、彼女は鏡の中に何かを封印していた。

——彼女が封印したことって何だろう。

ジェニーは、彼女の鏡を拭いてあげたくなった。でも、鏡を拭く前に、彼女の封印を見に行くことにした。

ジェニーは、彼女の鏡を覗き込んだ。


「Ｇｏｏｄ　ｍｏｒｎｉｎｇ！」

「Ｇｏｏｄ　ｍｏｒｎｉｎｇ！」

「昨日は、ありがとう。あのレポートを出さなかったら、大変なことになってたわ。お礼にランチをご馳走するね」

「じゃ、後で、カフェテリアで……　Ｓｅｅ　ｙｏｕ」

京香は毎日が楽しくて仕方なかった。アメリカに留学して、三ヶ月が経った。一人で来たので、最初はとても不安だった。反対する両親を押し切ってまでやってきたが、特に夢があった訳でもない。たまたま読んだ小説で、主人公の少女がアメリカに留学し、楽しく過ごしていたので、自分もやってみたいと思ったのがきっかけで、それからは何かに憑かれたように、アメリカに行きたくなり、学校を探し、全ての手続きを自分一人の力でし、留学したのだった。京香は最初から英語が話せた訳ではない。小さい頃から習ってはいたが、実際に使うのはほとんど初めてだった。

留学初日に、クラス分けのためのインタビューが行われた。一度に五人が部屋に入り、順番に先生の前へ出て、質問に答える形だった。京香は緊張しながらも、一つひとつ丁寧に答えていったが、難しい単語が出てくると、意味が解らずに詰まってしまう。すると、その度に後ろから日本語で単語の意味を教えてくれる人がいた。京香は振り返らずにその言葉を聞き、無事、インタビューに答えることができた。インタビューが終わり、後ろを振り返ると、そこには爽やかな笑顔を浮かべた青年がいた。京香も微笑み返して部屋をでた。インタビュールームの前で待っていると、さっきの素敵な青年が出てきた。

「あの、ありがとうございました」

「ごめんね。後ろでブツブツと……、うるさかったでしょ」

「そんなこと……、助かりました、とても」

「きみ、ＩＡクラスでしょ。ぼくも同じなんだ。キム・ジョンアンです」

「如月京香です」

京香は、ちょっと驚いた。日本人だとばかり思っていたら、外国人だったから。その様子を察したようにジョンアンは、「ぼく、日本に少し住んでいたから」と言って笑った。京香が留学して初めての友達だった。


京香とジョンアンは、カフェテリアでランチをしていた。

「ねえ、ジョンアンは、どうしてここへ来たの」

「きみは、どうして」

「先に答えてよ。私が聞いてるんだから」

本当は、答えられなかった。京香自身、どうして留学したかったのか、目的は何なのか、はっきりとしたことは何も無かったから……。両親を説得する時は、世界を見たいとか、国際人になりたいとか、立派なことを言ったけど、アメリカに行きたいがための、口から出任せに過ぎなかった。

するとジョンアンが京香を見つめながら答えた。

「ぼくが、ここへ来たのは、京香と出会うためだったのかも知れないね」

京香の心の鏡が、眩しいくらいに輝いた。

ジェニーは、覗き込む場所を間違えたことに気づいた。

――そうか、これは、彼女の鏡の輝いている部分だわ。彼女の鏡がピカピカなのは、あの男の子との想い出があるから。じゃあどうして、ピカピカなのに、あんなに悲しげに濡れているんだろう。こんな鏡、初めてだわ。人間の鏡は、悲しいことや、辛いことがあると曇ってしまう。私の仕事は、曇った鏡を拭いてあげること。泣いている鏡を見るのは初めて――どうすればいいんだろう。

そしてジェニーは、また彼女の鏡を覗き込んだ。

「どうして？　どうしても帰るの？　ずっと一緒に居られるんじゃなかったの？」

冷たい雨がたくさん降る夜だった。

ジョンアンは、優しく京香を見つめながら、

「わかってくれ、ごめん」

……と、ただ、その言葉だけを繰り返した。あまりにも突然に決まった、ジョンアンの帰国。それも、もう戻って来ないかも知れないと言う――ジョンアンの話に京香はショックで震えていた。

一年前、ジョンアンと京香はアメリカ留学を終えると、一緒に日本に戻り、それぞれ就職した。二人の愛は永遠のものであると、お互いに信じていた。――この冷たい雨の降る夜までは……。

……長い長い沈黙が、二人の間に流れた。

「本当に、もう戻っては来ないの？」

京香が問いかけると、ジョンアンは悲しい瞳で頷いた。京香はジョンアンの性格を知っていた。そして、ジョンアンの苦しみも理解していた。もう何を言っても変わらないのなら、愛する人を責めるような言葉は言いたくないと思った。京香はジョンアンを見つめながら、黙って何度も何度も頷いてみせた。

ジョンアンも黙って京香をいつまでも、いつまでも静かに抱きしめた。

ジョンアンの実家はソウルにある。ソウルでは有名な企業で、自動車や家電の製造、販売をしている。最近、創設者であるジョンアンの祖父が他界し、ジョンアンも葬式のために戻っていた。祖父の後継者は勿論、ジョンアンの父だった。ジョンアンには兄と姉がいた。会社は兄が継ぐので、自分には実家の会社は関係ないものと思っていた。ところが、葬式の後、親族が集まっている席で父から、「ソウルに戻り、兄と一緒に会社を盛りたてていくように」と言われた。

勿論、ジョンアンは反抗したが、母親や祖母に泣かれ、とりあえず考えてみることにした。しかし、家族をとても大事にする韓国では親の言うことは絶対だった。結局は逆らえずに、親の言うことに従う他なかった。

ジョンアンが、一番先に考えたのは、京香のことだった。一緒に来て欲しいと言えば、京香は付いて来てくれると思った。でも、日本と韓国では、文化も習慣も違う。それに、京香は韓国語が話せない。まして人一倍厳しい自分の家に京香を連れて帰ることは、京香を不幸にしてしまうのではないかと考えた。京香には、辛い思いをさせたくなかった。京香の笑顔を守ってあげたかった。ジョンアンは、優しすぎた。悩んで、悩んだ末、京香を日本に残していくことにしたのだ。

京香はひたすら泣いた。泣いても泣いても涙は洪水のように溢れ出てきた。このまま涙が出続けるなら、いっそのこと、床に溜まり、部屋中に溢れ、溺れて死んでしまいたいとさえ思った。

「本当に愛する人とは結ばれないって、ドラマなんかではよくある話だけれど、まさか自分自身に起こるなんて想像もしなかったわ」

京香は、鏡台の鏡に映った自分と話していた。

「ジョンアンは、私のことを本当に愛していたの？　きっと愛してくれていたのよね。だけど、ジョンアンは優しいから、私が苦労するのを見たくなかったのよね。でも、それでも、どんな事があっても側に居たかった……」

京香は、ジョンアンとの別れを受け入れた。しかし、それは納得したように思い込んだだけだった──駄々をこねて、ジョンアンに嫌われたくはなかった。最後の最後まで、ジョンアンに愛されていたかった……。また、涙が溢れ出てきた。ジョンアンと過ごした日々が、京香には人生のすべてのように思えてくるのだった。

ジェニーは思った。彼女の鏡は、拭いてもまた直ぐに濡れてしまうだろうと。

──どうすれば、彼女の鏡を乾かしてあげられるだろう？　あーあ。私ったら、またお節介がしたくなったわ。私の仕事は、ただ鏡を拭いてあげるだけ、輝かせるのは本人。私は曇った鏡を拭いてあげて、輝くきっかけを作ってあげるだけ。人生に入り込むようなことは、してはいけないわ。……でも、ちょっとだけ、ちょっとだけなら……。

ジェニーは、ジョンアンの鏡を見に行くことにした。

「ソウルって、遠いのかしら？」とつぶやきながら鏡のトンネルを抜けていった。

――やっと着いたわ。私が間違ってなければ、ここはジョンアンの家のはずなんだけどなあ。あっ、彼だわ。京香の鏡の中で見たジョンアンだわ。

ジョンアンは丁度、母親らしき女性と食事をしているところだった。

「この前、パーティーでお会いした、カンさんのお嬢さんなかなか素敵な方だったわね。あなたもそう思わない？」

「そうですか。よく見てなかったから分かりません」

「どうして結婚に興味がないの？　仕事ばかりしていて、母親としては心配だわ」

「そのうち考えますから。今は忙しくて余裕がないんですよ」

ジョンアンは、母親に心配をかけない様に、笑顔で答えた――その瞳は、どこか淋しげだった。

ジェニーはすかさずジョンアンの心に入り込み、鏡を覗き込んだ。

〝大韓航空205便、ソウル行きにご搭乗のお客様は、7番ゲートへお急ぎください〟

ジョンアンは、ベンチから立ち上がると辺りをゆっくりと見まわした。まるで誰かを待っているかのように……。そして、ジョンアンは、ポケットから自分のとは別の、もう一枚のチケットを取り出すと、そっとベンチに置いていった。

――エーッ、どう云うことなの？

ジェニーは大声を上げげた。ジェニーには何が何だか分からず、パニックになりそうになりながら、急いで別の場所を覗き込んだ。

僕には京香のいない人生はありえない。これから君をたくさん泣かせることがあるかもしれないけど、僕と一緒に来て欲しい。明後日、空港のロビーで待っている。

大韓航空205便　9時20分発　ソウル行き

ジョンアンは京香にメールを打った。祈るような気持ちで……。

自分勝手に別れを決めて、京香を泣かせ、また勝手に京香についてきて欲しいと願い、京香の都合も聞かずに出発を決めてしまった――送信ボタンを押すジョンアンの手は、希望と不安に震えていた。

――大変！　彼女にこのことを教えてあげなきゃ！

ジェニーは、また鏡のトンネルを抜けて、京香のところへ向かった。トンネルの中でジェニーは考えた。

――どうやって伝えればいいんだろう？　鏡の精には過去を変える力も、何かを知らせる力もないわ。ただ鏡を拭くだけだもの。

ジェニーは肩をガックリと落とし、無力感を感じながら、今度は京香の鏡を覗き込んだ。


ジョンアンと最後に会ってから何日経ったのか分からなくなるくらい、京香は部屋に閉じこもっていた。心配をかけない様に、家族には『風邪をひいてしまって動けない』と嘘をついていた。

〝you got a mail〟

メールの着信音が鳴った。何度もこの音を聞いてはいたが、メールを見ることすら忘れていた。メールを開いてみた。会社を休んでいることを心配した同僚や女友達からだった。順番に見ていった。――京香は、なんだか嬉しかった。たくさんの人が、自分のことを気に掛け、心配してくれていることが……。「私は、一人ぼっちじゃないんだ」そう思うと孤独感が少し薄らいだ。しかし、次のメールを見た瞬間、京香は凍りついた。ジョンアンからのメールだった。

京香は、そのまま車に飛び乗り空港へむかった。

京香は空港のベンチに座ったまま動けなくなった。

——遅かった。ジョンアンはきっと、私が来なかったことに絶望して、行ってしまったに違いないわ。私は、ジョンアンを傷つけたまま行かせてしまったんだわ……これが、二人の運命なのかしら……。

ジェニーは泣いていた。

——なんて酷いことをするの。今度、運命の女神様に会ったら、絶対に文句を言ってやるわ。まだ一度も会ったことはないけど……。彼女が封印したことって、ジョンアン自身だったんだわ。彼を傷つけてしまった罪悪感と、もう二度と会うことができない悲しみで、彼女の心はずっと泣いていたのね。彼女の心の涙を止めることは、ジョンアンにしかできないわ。このままでは、彼女の鏡は、一生濡れたまま……そんなの悲しすぎる。垢も埃も付いていない、こんなピカピカの鏡の持ち主を放っておくなんて、鏡の精のプライドに拘わるんじゃないかしら——ダメよ、ダメダメ、ジェニー、冷静にならなくちゃ。

ジェニーは自分自身に言い聞かせた。そして、しばらく考え込んで、再び鏡のトンネルに向かった。

「キム・ジョンアン君の成功を祈って、乾杯！」
「頑張ってこいよ」
「期待してるぞ！」

「ありがとうございます。皆さんの期待を裏切らないように努力します」

「ジョンアンさんが居なくなると、寂しくなりますね」

ジョンアンは会社で人気者だった。仕事もできるし、人への気配りも忘れない。社長の息子だというのにいつも謙虚な態度であった。社員は皆ジョンアンに好感を持っていた。勿論、女性社員にモテたが、ジョンアンは見向きもしなかった。そんなジョンアンに父親である社長も期待していた。今度、新しくアメリカにできる工場に彼を工場長として行かせることにしたのだ。ジョンアンは、その決定を素直に承諾した。ジョンアンにとっては、京香の居ない所など、どこも同じに思えたから。


――またまた大変だわ。彼がもっと遠くに行ってしまうわ。あー。どうしょう？　焦ってきちゃうわ。でも、私にできることは、やっぱりこれしか無いものね。

ジェニーは魔法のクロスを取り出すと、ジョンアンの心の鏡を拭きだした――力一杯、祈りを込めて……。


朝、目が覚めると、ジョンアンは心がスッと軽くなっているような不思議な感覚を覚えた。そして、見るもの全てが京香を連想させてしまうのだった。

――晴れた日には、京香はいつも顔を空に向けて、太陽の匂いを嗅ごうとしていたなあ。

――僕が勉強していると、京香はいつも僕の背中を見て微笑んでいたなあ。窓に映っているとも気づかずに……京香が背中を見つめてくれているだけで、心強くて、安心できて、幸せだった……僕は今、何をしてるんだろう？　僕の人生で一番大切なものは、京香だったはずなのに……僕は、今でも京香を愛している。……京香は、僕のことを今でも愛してくれているだろうか？

今朝のジョンアンは何故か強気だった。京香が、自分のことをまだ待っていてくれるような気がしてならなかった。ジョンアンは、心の中が京香で一杯に満たされていくのを感じた。

その日の夕方、会議を終えたジョンアンは、自分のデスクに戻り、メールのチェックをしていた。そこには、ソウルに戻ってから一度も送ったことの無い京香のアドレスがあった。ジョンアンはそれを目にした瞬間、居てもたってもいられずオフィスを飛び出し空港へ向かった。

日本に着く前に、ジョンアンは洗面所に入った。そして洗面台の鏡に向かって大きく頷いてみせた——その顔は、自身に満ちていた。

——私がジョンアンと京香のためにしてあげられたのは、ジョンアンの鏡を拭くことだけだったけれど、……どうかジョンアンが京香を見つけて、気持ちを伝えることができますように……。

そう祈りながらも次の瞬間、ジェニーは微笑んでいた。だって、ジェニーは見てしまったのだ。ジョンアンの鏡の曇った所を拭いていくと、美しく輝いた京香の姿が現れるのを……。

「今日は何でこんなに忙しいのかしら」——京香は、朝から仕事に追われていた。ひっきりなしに来客が続いていた。一人の秘書が、スケジュールの調整をミスし、いくつものアポイントや会議が重なってしまったのだった。室長である京香は、部下の責任は自分の責任だと思い、その修正に追われているのだった——でも、京香は、忙しいのが嫌いではなかった。仕事に没頭していると無心になれて、余計なことを考えなくて済むからだった。

やっと仕事が終わると、京香はフッとある場所へ行きたくなった。車に乗って会社を出ると、その場所に向かった。

今までも、京香は時々、その場所にどうしても行きたくなることがあった。そんな時、京香は躊躇うことなく、その場所へ行き、何をする訳でもないが、数時間をその場所で過ごした。

——京香が座っていたのは、空港のロビーのベンチだった。そう、あの日、ジョンアンが京香を待って座っていたであろうベンチ。京香が、最後にジョンアンを感じることができた場所だった。その場所に座っているからといって、ジョンアンが迎えに来てくれるなんて夢にも思わないが、ここに座っていると、彼と繋がっているような気持ちになれるのだった。

京香は、もうそろそろここへ来るのは止めなければと思っていた。来る度に、〝今日で最後〟と思って帰るのだが、気がつくとまたこのベンチに座っていた。

夜の便が到着したのか、ロビーに人が増え始めた。京香は、帰ろうと思い立ち上がった。その時、

「京香？」

長い間、聞きたくて、聞きたくて堪らなかった声がした。「私、疲れ過ぎているんだわ」京香は振り返ろうともせず歩き出した。するともう一度、

「京香！」

懐かしい声がした。京香は恐る恐る振り返った。

「ジョンアン？」

声にならなかった。京香は信じられないといった顔で彼を見つめた。ジョンアンも同じ気持ちだった――あの日自分が待っていたベンチに、京香のチケットを置いていったベンチに、京香が座っていたのだから……。

空港のロビーに置いてある鏡が光っている。ジェニーはずっとこの様子を見ていた。

――運命の女神様、悪口を言ってごめんなさい。やっぱり女神様って凄い方なんですね。

――こんなシーンに出会えるから、鏡の精は、止められないわね。もう京香の鏡は濡れることはないわ。私が拭きに行かなくても、ジョンアンの愛の光に照らされて、すっかり乾いてピカピカに輝くに違いないわ。

ジョンアンの鏡も、京香の愛に照らされて、ピカピカに輝き、二度と曇ることはないだろう。

――これで、私の仕事も一段落ね。さあ、今度は、どんな素敵な鏡と出会えるのかしら……。

Second cleaning

寂しい鏡

今日のジェニーは疲れていた。鏡の精のシンポジュウムに出席した後、先輩の鏡の精から、散々クリーニングの愚痴やお説教を聞かされたのだ。

――あーあ、鏡の精も長くやってると、あんな風になっちゃうのかしら……。あんな風に後輩に愚痴りながら、仕事をするなんて、私には絶対にできないわ。これからも、美しい心の鏡を守るために、一生懸命に努力をするわ。――などと言って、自分で自分に拍手を送っていた。

――パパ、ご無沙汰しています……うーん、違うかなあ……パパ、元気ですか？　パパ、覚えてますか？……

「あーっ！　もーっ！　どう書いたらいいの？　誰か教えてよ！」

鏡の前で、あすかは叫んだ。

あすかの両親は、十年前に離婚していた。あすかは有名なフラワーコーディネーターの母親に引き取られていた。母親の成功が離婚を招き、それを機に、仕事の拠点を日本からニューヨークに移していた。

この十年、あすかは、一度も父親に会っていなかった。でも、どうしても父親に会って、話したいことがあって、あすかは、思い切って、父親に手紙を書くことにしたのだが、余りにも久しぶり過ぎて、手紙の書き出しをどうしようか、悩んでいるところだった。


ジェニーは、いつもの様に鏡の中を散歩していた。すると、突然叫び声がして、ジェニーは驚いて転んでしまった。

「痛たたたあ。もう！　誰よ、鏡の前で大声を出したのは？　鏡の前で、突然大声を出しちゃいけませんって習わなかったのかしら？」

ジェニーは、声の主を見に行った。

——あらっ、可愛い女の子じゃない。何か困ってるようね。転ばさせられたのも何かの縁だわ。ちょっと心の鏡を見せてもらおうかしら……。

昼間の地下鉄は、いつものようにガランとして、空いていた。あすかは母親から、スポンサーへ書類を届けるように言われ、地下鉄で移動中だった。

ニューヨークの地下鉄に、最初に乗った時は怖かった。でも慣れてくると、これが中々面白い。深夜は少し危険を感じるので乗らないが、昼間は個性的な乗客が多くて、マンハッタンの人間の縮図のように思えて、乗る度に人間ウオッチングをして楽しんでいた。

今日も、扉にもたれ掛かり、人間ウオッチングをしているとセントラルパークのある59丁目駅で、背の高い男性が乗ってきて、あすかの隣に立った。東洋系の顔をしていた。――日本人かな？　中国人かな？　あすかは、次に向かい側に座っている赤ちゃんと母親に目が行き、ボーと見ていた。昔の自分と母親とを重ねるようにして……。

その時、突然車内の照明が消え、真っ暗になったかと思うと大きく揺れて、ガタンと大きな音をたてて止まった。ニューヨークで停電はよくある事だったが、地下鉄では初めてだったので、あすかは恐怖を感じた。赤ちゃんの鳴き声、老人の祈りの声、パニックを起こしている人もいた。あすかも体が震えていた。一人でどうすれば良いのか分からなかった。あすかは思わず日本語で、「怖い！」と声に出して言った。すると、誰かが、あすかの肩を優しく抱きしめた。「大丈夫だよ。何とかなるから」その声は優しかった。見も知らない人に急に抱きしめられたら、普通なら「キャー」と叫ぶところだが、あすかはその声と抱きしめられている腕に安心感を覚えて、少し落ち着きを取り戻した。

数分後、車内の照明が点いて、停電を詫びるアナウンスが流れ、地下鉄は再び動き出した。あすかの肩を抱いていた男性が、気まずそうに腕を離すと、あすかはその場にしゃがみこんだ。

「痛い」

「大丈夫ですか？　歩けますか？」

「すみません、無理みたいです。駅員に連絡してもらえますか？」

「心配しないで」

そう言うと、男性はあすかを抱きかかえ、そのまま近くの病院まで連れて行ってくれた。あすかは、抱きかかえられている間、恥ずかしくて、ずっと顔を背けていた。

「骨には異常ありません。軽い捻挫ですよ。痛み止めを出しておきますから、二、三日は無理に歩かないで下さい」

ドクターにお礼を言って、診察室から出てくると、男性が待っていてくれた。あすかは、抱きしめられたり、抱きかかえられたりしたことが、今更ながら恥ずかしくなって、真っ赤になってしまった。

「本当にありがとうございました。病院まで連れてきていただいて、ご親切に感謝します」

男性も何か言おうとした時、連絡を受けて、慌てて駆け付けてきた母親が現れた。男性は、「じゃ、僕はこれで……。お大事に」と言うと去っていった。

あれから三ヶ月が経った。あすかは街を歩く度に、あの男性を無意識に探していた。『……どうして、名前を聞かなかったんだろう』とずっと後悔していた。

――ニューヨークには、観光客が多いから、名前も知らない日本人の男性を探すなんて不可能だわ。でも、地下鉄に慣れている様子だったから、もしかしたら、近くに住んでいるかも……。どうも、男性に、一目惚れをしてしまったらしい。名前も居所も分からない、究極の片想いであると、自分でも分かっていたけれど。

そんなことを考えているうちに、今日の仕事先であるホテルに到着した。日系企業のパーティーが開かれる会場である。ホテル側が、あすかの母親の事務所に、フラワーコーディネイトを依頼してきたのだ。あすかは、ホテルの担当者と打ち合わせをするためにやって来たのだ。あすかもフラワーコーディネーターとしての資質を充分に備えており、最近では、いくつか仕事を任されるまでになっていた。

打ち合わせを終えて、担当者と一緒にロビーまで降りてきたその時、担当者が一人の日本人男性を呼び止めた。男性は、笑顔であすかの方へ近づいて来た。

あすかは、目を見開き、息をするのも忘れて、男性を見つめた。

「こちら、今回のパーティーを主催される青山氏です。こちらは、フラワーコーディネーターの金子さんです」

「どうも、青山トオルです。よろしくお願いします」

「……」

あすかは呆気にとられていた。同時にまるで初対面のような挨拶の仕方に、とても落胆していた。あすかは、無言で頭を下げ挨拶すると、その場を逃げるように立ち去った。

ジェニーは、彼女の鏡を覗きながら、首を傾げた。

――あの地下鉄の男性とは別人なのかしら？　それとも、覚えていなかったの？　可哀相なあすか……。あんなに落ち込んじゃってるわ。普通、アクシデントで男女が出会うと、絶対に恋に落ちるんだけどな――もう少し見ないと分からないわね。

「金子さーん、待ってください」

あすかが振り返ると、トオルが走って追いかけて来た。

「今、時間ありますか？　よかったら、お茶に付き合ってください」

あすかは、戸惑いながら頷いてしまった。

「本当に驚きましたよ。足はもう大丈夫ですか」

「はい。この間は、本当にありがとうございました。あの時は、ちゃんとお礼が言えなくて、すみませんでした」

――本当は、ずっと探していました。あなたに会いたかった。

「気にしなくていいですよ。大した事はしていないから」

――でも、もう一度、会えて良かった。ずっと気になっていたんだ。

少しの間、ギクシャクした会話は続いたが、二人はお互いの電話番号を交換して、次に会う約束をして別れた。

一週間後、あすかはトオルと約束したカフェで、お茶を飲みながら待っていた。

――少し、早く来過ぎちゃたわ。やっぱり、遅れて来たほうが良かったのかなあ。

あすかは、妙に緊張していた。高校生の時、初めて男の子とデートした時に味わった感覚だった。

約束の時間から、十五分が過ぎたのに、まだトオルは現れない。

――私が早く来過ぎたんだわ。別に十五分位遅れても、普通よね。

そう思ってはみても、時間だけが、どんどん過ぎて行った。三杯目の紅茶を頼んだ時には、もう二時間が過ぎていた。

――忘れているのかなあ。

不安になってくると、考えが、ネガティブになってくる。

――そうよね、彼にとって私は特別な相手ではないんだもの。偶然、助けただけだもの。私は、彼のことを好きになったって、思い込んでいただけなのかも……。

周りから見たら、失恋したての女の子に見えるくらいあすかは落ち込んでいた。あすかは、カフェを出て、ゆっくりと街を歩きだした。

あすかが、カフェを出て数分後、トオルは、長引いた会議からやっと開放されて、急いで待ち合わせのカフェへやって来た。

――いなくて当然だろうな。もう三時間近く過ぎているんだから……。

がっかりしたトオルが、カフェを出ようとした時、レジの横に小さくて、可愛い花のアレンジメントが置いてあった。

「かわいい花だね」

と、トオルが店員に言うと、

「そうでしょ、さっきまで居た日本人の女の子が置いていってくれたんです」

トオルは、すぐにあすかだと思った。そして、当ても無いのに、あすかを探すために街中を歩き回った。何度か携帯に電話をしてみたが、繋がらなかった。

——可哀相なあすか。トオルっていう男の人に約束をすっぽかされたんだわ。好きな人に、約束を忘れられるって——女にとって、これほどショックなことは無いのよね。

勿論、ジェニーはトオルが後からやってきたことを知らない。だって、あすかの心の鏡には、トオルの気持ちまでは、映ってなかったから……。

——それにしても、あすかの鏡って、本当にきれいに磨いてあるわ。でも、隅っこの一部分だけが、薄っすらと曇っている。ほんの隅っこだから、普通、これくらいは、私がわざわざ拭かなくても、自然と曇りが取れるんだけれど、彼女は、それ以外が余りにもきれいなので、ちょっと目立つわね。このまま拭けば、簡単に仕事は終わるんだけど、そんなことだけしていたら、私もいつか、この間のシンポジュウムの愚痴っぽい先輩みたいになっちゃうわ。

そうつぶやくと、ジェニーは再びあすかの鏡を覗きに行った。

「ママ、お願いがあるの。ホテルのパーティのアレンジの仕事を、誰か他の人と代わってもらえないかしら」

「どうしたの？　自信が無いの？　気分で仕事を選んでは駄目よ」

「そうじゃなくて、同じ日に高校時代の友達の結婚式のアレンジを頼まれたの。できれば、引き受けてあげたくて……」

実際には、友達の友達の結婚式だったが、ホテルでの仕事をキャンセルするため、細かい説明は、省いたのだった。

母親は、スケジュール表を見ながら、しばらく考えて、

「仕方ないわね。今回は特別よ」と言ってくれた。


「おめでとう。お幸せに」

教会の祝福の鐘が、鳴り響いていた。花嫁が、あすかのアレンジしたブーケを投げた。拾ったのは、小さな女の子だった。女の子は、初めて手にする美しいブーケに大喜びだった。その様子を見ながら、あすかは微笑んでいたが、心の中では、トオルの会社のパーティーのことが、気になっていた。

――私がいないと、彼はどう思うかしら……。何とも思わないわよね。私ったら、フラれた人のことを、いつまで考えてるんだろう。女々しいわ。

頭の中に浮かぶ言葉と気持ちは正反対だったが、一生懸命忘れようとしていた。

――あすかって、けなげよね。このまま放っておいたら、あすかが可哀相だわ。よしっ！　一度、トオルって男の鏡も覗いてやろう。でも、あすかみたいな良い子をフル男の鏡なんて、どうせ大したことないだろうけど……。

ジェニーは、一旦誰かの心の鏡に入り込むと、その鏡に繋がる別の人の過去の鏡も覗くことができるのだ。ジェニーは鏡のトンネルを抜けて、ホテルに着いた。

――あそこに居たわ。やっぱり、楽しそうにしてるじゃない。まったく！　男って……。

「本日は、お越し頂き、ありがとうございました。我社もニューヨークでやっていける目処が、なんとか立ちそうです」

「君の活躍ぶりは、日本にも伝わっていますよ。お父様もお喜びでしょう」

――また、親父の話か。

トオルは、もううんざりしていた。トオルの父親は、日本で会社を経営していた。政界や財界では、ちょっとした大物である。トオルは、そんな父親に反発して、ニューヨークで会社を起こし頑張ってきた。今の成功を導いたのは、殆どトオル自身の力であったが、周囲はそうは思っていないようだった。

そして、そんな事よりトオルにはもっと気になっていることがあった。前日のパーティーの準備の時から、あすかの姿を一度も見ていないことだ。当日は来ると思い、朝からずっと探していたが、見つからない。

——どうしたのかなあ？　あれから忙しくてずっと連絡も取れなかったし、体の具合でも悪いのかなあ。あの日のことをちゃんと謝りたかったのに……。

——うーん。どう言うこと？　この男、悪い奴じゃないみたいね。でも、仕事ばっかりして、女心には鈍いみたいね。

ジェニーは、さらに鏡の奥を覗いてみた。

——あっ、これって前にあすかの鏡で見た、トオルと出会った日の地下鉄の風景だわ。

トオルは、取引先への移動中、道が混んでいたので久しぶりに地下鉄に乗ってみた。地下鉄の車両は空いていたが、席には座らず扉にもたれ掛かって、横に立っていた女性を、何気なく見ていた。

——可愛い女性だなあ。日本人かなあ？　わかんないよな。ニューヨークには東洋系の女性がたくさん居るから。

その女性に何か惹かれるものがあって、トオルは、失礼とは思いながらも、彼女から目を離すことができなかった。ところが、彼女は、トオルの視線に気づく気配すら無かった。

その時突然、車内の照明が消え、真っ暗になったかと思うと、車両がガタンと大きく揺れて止まった。車内は、少しパニックになっているようだった。——暗闇に目が慣れてきた時、トオルの目の前で、彼女が震えているのが見えた。トオルが「何とかしないと」と思ったとき、「怖い」と日本語でつぶやく声が聞こえてきた。

「大丈夫だよ、何とかなるから」

トオルは咄嗟に彼女を抱きしめてしまった。

トオル自身も、この大胆な行動に驚いていた。彼女は、柔らかくて、壊れそうだった。明かりが点いたら何を言ったらいいのか、謝った方がいいのだろうか、悩んでいるうちに、パッと照明が点いた。トオルは、慌てて彼女から腕を離した。すると、彼女は、床にしゃがみこんだ。痛がる彼女を見たトオルは、精一杯冷静を装い、彼女を病院まで運んだのだ。地下鉄の駅から病院までは無我夢中だった。——何故か彼女は、自分の手で病院まで送り届けたかった。そうしなければいけないと思っていた。

病院を出たトオルは後悔していた。何で名前や連絡先を聞かなかったんだろうと。今更、引き返すのもカッコ悪い。何をやってるんだ、バカじゃないかと、自分を責めていた。


ジェニーは、思わず大笑いしてしまった。

——見た目はクールで、カッコいいのに、恋愛については全然ダメなんだわ。凄いギャップね。これじゃ、あすかも悩むはずよね。あすかより先にトオルの方が一目惚れをしていたなんて、運命って、面白いわ。……なんて、言ってる場合じゃなかったわ。どうすれば良いのかしら？　あーん、また、お節介ジェニーになっちゃうわ。――でも、やっぱり私にできる事は、鏡を拭くことよ。

ジェニーは、魔法のクロスを取り出して、トオルの鏡を拭こうとした。

――ダメダメ。過去を変えるようなことをしてはいけないんだったわ。ここは、黙って見守るしかないわ。でも、心配。トオル、お願いよ……。

ジェニーは、祈るような気持ちだった。


パーティーが終わると、トオルは思い切って、フラワーコーディネートの担当者に聞いてみた。

「今日、金子さんは体調でも崩されたんですか」

「いいえ、金子は結婚式で、セントラルパークの近くの教会に居ますよ」

トオルは愕然とした。

あすかにフィアンセがいて、今日、結婚式を挙げている。

トオルは改めて、あすかについて、自分は何も知らなかったのだと思った。

――当たり前だよな、たった二度しか会っていないんだから……

しかしその言葉とは裏腹に、あすかの存在は、トオルの中で二度会っただけとは思えないくらい、大きなものになっていた。

トオルから、全てのやる気が失せていった。そして、女々しいと思いながらも、あすかのウエディングドレス姿を、どうしても見たいと思った。見ないと後悔するような気がした。トオルは、教会に向かって車を走らせた。

結婚式が終わり、招待客が帰った教会に、あすかは一人、ポツンと座っていた。その時、教会の入り口の扉が開く音がした。お祈りの人でも来たのだろうと、あすかが、入り口を見ると、トオルが立っていた。

——なぜ、彼がここに居るんだろう……

「どうしたんですか?」

「……あすかさん、……結婚したんじゃないの?」

「えっ! 今日は、友達の結婚式だったんですけど……」

「よかった」と大声で言うと、トオルは、いきなりあすかを抱きしめた。

あすかには、何が何だか分からなかったが、トオルが勘違いをして、ここに来たことだけは分かった。そして、〝よかった〟の意味を抱きしめられながら考えていた。

「あすかさん、僕と結婚してくれませんか?」

突然のプロポーズに、あすかは益々訳が分からなくなってしまったが、反射的に「はい」と返事をしてしまった。——そして、ここから二人の時間が始まった。

ステンドグラスが、夕日を浴びてキラキラ光り、教会の鏡に映っていた。ジェニーは、「眩しくて、涙が出ちゃうわ」と言いながら号泣していた。

ジェニーは泣き止むと、冷静に戻り、あることに気付いた。

――あれ、ハッピーエンドなのに、どうして、あすかの鏡の一部はまだ曇っているの？　それに、あの最初に聞いた彼女の大声は何？　まだ、私の仕事は終わってないってことなの？

ジェニーは、あすかの鏡の隅っこにある、曇っている部分を見に行くことにした。


あすかは、トオルとの結婚式の準備に忙しかった。あの突然のプロポーズから、一年が経っていた。今日は母親と一緒に、ウエディングドレスの仮縫いにきていた。

「あすか、綺麗だわ。やっぱりママ、女の子を産んで良かったわ」

「ママ、泣かないでよ。結婚してもママと仕事は続けるんだから、今までと同じじゃない」

あすかは、「今だ」と思い、ここで思い切って言ってみた。

「あのね、ママ、私、もう一人、このドレスを見てもらいたい人が居るんだけれど……」

母親の顔色が変わった。次にあすかがいう言葉が、想像できたのだろう。あすかは、構わずに続けた。

「パパと一緒にバージンロードを歩きたいの」

「それは、叔父様にお願いしてあるから大丈夫よ」

「違うの、パパがいいの」

母親は、あすかの言葉を無視するかのように、黙って出ていってしまった。

考えてみれば、この十年、父親の話題には一切触れなかった。不自然なほどに。あすかは父と母が、なぜ離婚したのか、全く理由がわからなかったが、聞くことはできなかった。あすかの記憶の中には、仲の良い二人の姿しか無かった。喧嘩しているところなど、一度も見たことが無かった。

あすかは、母親を傷つけるのは嫌だったが、父親とバージンロードを歩きたいという想いは、やはり捨てられず、父親に手紙を書いて結婚の報告と、出席してもらえるかどうか、聞いてみることにした。

でも、どう書けばよいのか分からなかった。余りにも長い時間が過ぎてしまい、今更どのように話を切り出せばよいのか、思い付かなかった。——そして結局、あすかは手紙を書くことができなかった。


——そうだったのかあ。あすかの心の鏡の曇りの原因は、両親の離婚だったのね。仲の良かった両親が、理由も知らないまま離婚してしまった。そして、一人で頑張って育ててくれた母親に気を使って、父親のいない寂しさをがまんしてきたのね。——そして、自分の結婚式に、大好きだったパパに来てもらいたくて、ママに話してみたけれど、やっぱり拒絶されてしまった。……きっと、あすかのことだから、ママを泣かせるような真似は、できないんだろうなあ。なんとか、あすかの願いを叶えてあげたいわ。……と、ダメ、ダメよ、ジェニー！　またお節介になちゃってるわ。私は鏡の精。鏡を拭くのが仕事で、お願い事を叶える精じゃないんだから……。でも、このまま放ってもおけないし、結婚式まで時間もあるから、ちょっとだけ、あすかのママの鏡でも見てこようかな。

ジェニーは鏡のトンネルに消えていった。

「あなた、お願いがあります。どうか離婚してください。これ以上、あなたに迷惑をかけたくないんです」

「何を言っているんだ。僕は君を家に閉じ込めるつもりなんてないよ。君がフラワーコーディネーターとして独立したいなら、すればいい」

「あなたが良くても、私は困るんです。側に居るのに、妻として何もしてあげられないことが、私にとって一番辛いことなの。ごめんなさい。全て私の我侭なの。許してください」

あすかの母親は、父親のことを本当に愛していた。父親もまた同じ気持ちだった。離婚などせずに、父親の気持ちに甘えればよかったのかもしれない。しかし、母親は愛する人より仕事を選んだという罪悪感に耐えられなかったのだ。

ジェニーには、この母親と父親の気持ちがよく解らなかった。

——愛し合っていても人間って別れるの？　不思議なことをするのね。……とりあえず、あすかのママの鏡を、先ず綺麗にしてあげよう。

ジェニーは、魔法のクロスを取り出すと、母親の心の鏡を丁寧に拭き始めた。

「もしもし、お久しぶりです。元気でした？　実はお願いしたいことがあるのですけれど……」

電話をかけ終わると、あすかの母親は、コンパクトの鏡で自分の顔を見た。鏡に映った顔は、頬がピンク色に染まり、少女のようにキラキラと輝いて見えた。

——今日は、あすかの結婚式だわ。まあ、あすかったら緊張しちゃって、可愛いわ。

ジェニーは教会の鏡越しに結婚式に出席していた。

「あすか、綺麗だよ。本当に綺麗だ」

「止めてよ、トオルさん。恥ずかしいから、もう何も言わないで」

「何を言ってるの、あすかは本当に綺麗よ。ママ、もう胸が一杯で……」

「ママまで止めてよ。泣かないで」

あすかは、幸せだった。そして、母親の涙を見た時、パパに手紙を書かなくて良かったのかもしれないと思った。——と、その時、ドアをノックする音が聞こえた。

「遅れてごめんよ。飛行機が、予定より遅れてしまってね。あすか、おめでとう。綺麗になったね」

ドアが開いた時、あすかは、一瞬、誰なのか分からなかった。

「……パパ」

あすかの目から涙が溢れた。

「ママから電話を貰ってね。あすかがパパとバージンロードを歩きたいと言ってくれたんだってね。パパ、とっても嬉しかったよ。ありがとう」

父親と腕を組み、バージンロードを歩くあすかは、とても幸せそうだった。ジェニーも、感動の余り、またまた号泣していた。

結婚式も無事に終わり、あすかとトオルは新婚旅行に行ってしまった。父親と、またゆっくりと会う約束をしてから。

「あなた、わざわざ来てくださって、ありがとうございました」

「こちらこそ、ありがとう。あんな綺麗な娘を見れて、本当によかったよ。それに、君にも会うことができて、嬉しいよ」

「私もよ。こんな風に落ち着いて話せるのも、年を取った証拠ね」

「君は、年なんて全然取ってないよ。それより、あすかが居なくなって、寂しくないかい？ 僕でよければ、何でも相談にのるよ」

「じゃあ、先ず用心棒からお願いできる？ 一人暮しは何かと危ないから」

——父親は、母親の肩をそっと抱きしめた。

ジェニーは、もう泣きっぱなしだった。

——凄いわ、凄いわ。愛に年齢は関係ないわよね。こんなに深い愛情って、なかなかないわ。この二人は深いところで繋がっていたのね。十年なんて一瞬で越えられる壁なんだわ。

あすかの母親の鏡は、父親の愛に照らされて、益々輝きを増していった。

——私の仕事もやっと終わったわ。それにしても、あすかたちが新婚旅行から帰ったら、きっと驚くでしょうね。

やっぱり、鏡の精って止められないわ。さあ、今度は、どんな素敵な鏡と出会えるのかしら……。

Third cleaning

ひび割れた鏡

「えっ、私がですか？　本当に？」

加奈《かな》は、たった今、上司から海外転勤を命じられた。

「辞令が出たら、直ぐの出発になると思うが、大丈夫か？」

「はい、大丈夫です」

本当は、〝大丈夫〟なんかではなかった。加奈は最近、告白されたばかりだった。返事をどうしようか、未《ま》だ迷っていた。本来なら恋を選ぶ年頃だったが、海外勤務はホテルに勤めた時からの夢だった。

「断られるなんて、嫌だよ。君だって、僕に好意を持ってくれていると思っていたのに……。そんな転勤なんか断れよ」

「そんなって、どういう意味よ。私の夢だったのよ。よくも断れなんて言えるわね。――さよなら、もう二度と電話しないでね」

そう言うと、加奈は店を出て行った。

ジェニーは偶然、加奈たちの話を鏡の中で聞いていた。コーヒーのいい香りに誘われて、たまたま喫茶店の鏡を覗き込んでいたのだった。

――別れ話かあ。よくあることよね。でも、最近は女の子の方から、フルのが増えたわ。昔は、別れ話といったら、男が彼女の他に好きな人ができたとか、浮気したとかだったのに、今では、女の仕事の都合でフラれる男がいるのね。

ジェニーは、面白半分に、加奈の心の鏡に入り込んで付いていくことにした。

――まったく、あんな男と付き合わなくて良かったわ。頑張れよって言う方が、男としては、カッコイイんじゃないの？　あーあ。私もまだまだ見る目がないわね。やっと決まった海外勤務だもの。頑張ってみせるわ。

ふーん、中々はっきりした女の子ね。彼女の鏡はどうかしら？　まあ。やっぱり綺麗ね。こういうタイプの子の鏡は、大抵、輝いているものよ。彼女のも凄く輝いていて、夢や希望が一杯なんだわ……って、これは何？　鏡にキズ？　違うわ、まさかヒビが入ってるの？　ウソーッ！

嘘でしょ？　どうしちゃったの、鏡自体は、こんなにピカピカに輝いているのに……。大変！　鏡の精って、曇った鏡は拭けるけど、ヒビ割れって治せるのかなあ？　とりあえず、放ってはおけないわ。まず、ヒビ割れの原因を覗いてみようかしら。そう言うと、ジェニーは、ヒビ割れている所の近くを覗き込んだ。

加奈は、友達と一緒に香港に遊びにきていた。加奈の父親は、有名な建築家で、加奈は、世間でいうところの、お嬢様というやつだった。勿論、一緒に来ている友達の直子《なおこ》もお嬢様だった。二人は、とても気が合って、仲が良かった。旅行は、殆どいつも一緒に出かけた。同じ感覚を持ったもの同士だと、何をするにも気楽だったから……。　お嬢様というのも、結構、大変なのだ。特に、金銭感覚が、世間とは少しズレているので、普通に買い物を楽しんでいるだけで、嫌味に取られたり、好奇の目で見られたりする。

今日も直子は、エステの予約があるからと、さっさと出かけて行った。加奈は、レストランでブランチを取ると、特にあてもなく街の中をブラブラと歩いていた。

そして、香港サイドに移動するため、九龍サイドからスターフェリーに乗った。デッキに出ていると、なんだか映画のワンシーンに出ているような気分になり、デッキの手すりから身を乗り出し、海に向かって投げキッスをしてみた。――が、その拍子に、首に巻いていたスカーフが解けて風に舞った。慌ててスカーフを掴もうとしたが、そのまま海に落ちてしまった。

――あーあ、今日はツイテないわ。そう思いながら横を見ると、加奈を見て、面白そうに笑っている男性がいた。加奈は、まさか見られているとは思わなかったので、とても恥ずかしかったが、それより、笑われていることに腹が立ったので、睨んでやった。すると、その男性は近づいて来た。

「ごめんなさい。あなたが余りに楽しそうにやっていたから、つい見とれてしまって」

「いいえ、別に構いませんから。失礼します」

そう言うと、加奈は逃げるように、その場を去った。

——何よ、今のは……。もう早く着かないかしら。着いたら気分転換に、買い物でもしよっと。

——加奈って、面白い子ね。

ジェニーは鏡を覗きながら思った。

——でも、こんな事位で、ヒビなんか入らないわね。

そう言うと、今度は別の場所を覗き始めた。

——あれっ、また香港だわ。加奈って、香港が好きなのね。

加奈は、父親と香港に来ていた。香港に住む有名な映画スターから、家の設計を頼まれたのだ。打ち合わせをするために、香港に行くことになった父親から、スターのプライベートなパーティに招待されていることを聞き、無理やり付いてきたのだった。沢山の映画スターに会えるかも知れないという、ミーハーな気持ちからだった。

「さすが映画スター。本物はカッコいいわ。それに、周りにいる人も、カッコいい人ばっかりよ。ほら、見て、見て。何よ、加奈ったら、怖い顔しないでよ」

「もう少し落ち着いたら。それにしても、何で直子まで付いてくるのよ」

「だって、叔父様がいいって言ったもん。いいじゃない、娘が二人いても、三人いても……。それより、さっきから私たちのことをずっと見ている人がいるんだけど、その人もまたカッコいいのよ。ほらっ、あそこよ、見て」

加奈は、言われた方を見た。

——どこかで会ったような気がするんだけどなあ。あっ、そうだわ。この間、スターフェリーで会った失礼な男だ。何でこんな所で会うんだろう。いやだなあ。

ここは、知らない振りをしようと決めた途端、男は親しげな笑みを浮かべて、こちらに歩いてくる。逃げる間も無く挨拶されたので、加奈も一応お行儀良く挨拶を返した。——すかさず直子が、二人の間に割り込んできた。

「まあ、お知り合いだったの？　加奈、私にも紹介してちょうだい」

「私は、リュウ・剛《ごう》・シャオロンです。父が中国人で、母が日本人です」

「それで日本語がお上手なのね。私は佐伯《さえき》直子です。加奈とは幼なじみなんですよ」

剛は、香港の五つ星ホテルのマネージャーをしていた。どうやら映画スターたちとは、お友達らしい。

「明日、お食事でもご一緒しませんか？　いいでしょ、加奈も。良かったら、リュウさんのお友達もご一緒に」

「急に言ったらリュウさんもご迷惑よ」

直子の目的は、見え見えだったが、剛は喜んで直子の誘いに乗ってきた。

「そんな事ありませんよ。では、明日七時にホテルのロビーに迎えに行きます。それと、僕のことは、リュウではなく、剛と呼んでくださいね。加奈さん」

加奈は不満だった。何故、私のことを笑った男と一緒に食事をしないといけないのか。結局、直子に説得されて、渋々食事に付き合うことになった。


待ち合わせの五分前に、ロビーに降りていくと、すでに剛と友達らしき男が待っていた。『待たせていないけど』、と思いながら、「お待たせしました」と加奈は言ってみた。

「いいえ、全然待ってなんかいませんよ。紹介します。僕の友達のリー・チェインです。彼も日本語が上手ですよ」

「初めまして、佐伯直子です。こちらは結城《ゆうき》加奈です」

一通りの挨拶を終えると、四人は、剛が予約したヌーベルシノワの中国料理のレストランに入った。

美味しいものを食べていると、嫌な男でも良く見えてくるものだ。四人は、いつの間にか意気投合して仲良くなり、周りから見たら、とても今日初めて食事しているようには見えなかった。

食事の後、海の見えるバーに移動した。どうしても海の風に当たりたいと、我侭を言う直子にチェインが付き合って出て行った。

「加奈さん、香港にいる間に、もう一度会ってもらえませんか？　できれば今度は、二人で……。君を連れて行ってあげたい所があるんだ」

最初の印象は悪かったが、剛はとても紳士だった。会話も上手で、頭も良くて、ルックスもいい。どうして嫌な男だと思ってしまったのか、加奈は分からなくなった。


二日後、加奈と剛は、ヴィクトリアピークにいた。夕日が沈むと、眩いほどの夜景が現れた。加奈は、光の美しさに感動していた。横を向くと剛が加奈の顔を覗き込んでいた。あまりの顔の近さに加奈は驚いて、飛び上がってしまった。その拍子に加奈は剛の足を、思いっきり踏んでしまった。剛は痛さのあまり、地面にしゃがみ込んだ。

「ごめんなさい。大丈夫ですか？」

加奈が心配して剛の顔を覗き込んだとき、剛は加奈にキスをした。そして、二人は、お互いに照れながら笑った。


ジェニーは、覗く場所を間違えたようだ。

――ロマンチックねえ。加奈ったら素敵な恋をしてるじゃない。でも、鏡がヒビ割れてるってことは……。何か嫌な予感がするけど、鏡の精としては、見ないで済ます訳にはいかないわよね。

では、もう一度……。

ジェニーは、また加奈の心の鏡を覗き込んだ。


日本に帰ってからも、加奈と剛の交際は続いていた。剛は日本への出張が度々あり、加奈も休みの度に香港へ行き、二人はデートを重ねていた。加奈は大学を卒業したら香港に住もうと、本気で考えていた。


夏休みも近づき、加奈はまた香港へ行く予定をたてていた。休みの間、剛とずっと一緒に居られると思うだけでウキウキした気分になり、背中に羽が生えたら直ぐにでも飛べるように思えた。

その時、直子から電話が掛かってきた。

「加奈、今ね、チェインから連絡があって、剛さんが、倒れて入院したんだって」

「！　……」

加奈は驚きのあまり、意識が無くなりそうで声も出なかった。

「加奈、しっかりして。私が一緒に行ってあげるから、直ぐに仕度するのよ。急げば夕方の便に乗れると思うわ。一時間後に迎えに行くからね」

早く用意をしないといけないのに、加奈の体はなかなか動かなかった。どんな状態か分からないだけに、余計に不安だった。

何とか用意ができた頃、直子が家に迎えに来てくれた。直子は加奈を抱えるようにして、車に乗せると、空港へ向かった。家を出てから香港に到着するまで、加奈には何の記憶も無かった。心の中は、剛に生きていて欲しいという気持ちで一杯だった。

　空港には、チェインが迎えに来てくれていた。三人は、そのまま直ぐに病院に向かった。

　病院に着くと、剛は集中治療室に入っていて、家族以外の面会はできないと断られ、病状を教えてもらうこともできず、加奈たちは、待合室に座って、ただ待つだけだった。

　翌朝、剛の両親がオーストラリアから駆けつけてきた。剛の両親は、直ぐに担当の医師に呼ばれた。しばらくして、剛の両親が加奈のところへやってきた。剛の母親は、無言で加奈のことを抱きしめた。それを見ていた父親もまた無言で、母親と加奈を抱きしめた。

「さあ、剛のところへ行こう」

　父親に促され、全員で病室に向かった。


「加奈！　父さん、母さん、直子とチェインまで。驚いたなあ。勢ぞろいですか。大げさにしなくても大丈夫ですよ。ちょっとした過労ですから」

　ベッドの上の剛は明るかった。病気とは思えない程、元気に見えた。加奈は剛の顔を見て、初めて涙が溢れ出た。剛は、泣いている加奈の手を握り締めて、優しく言った。

「泣かないで、大丈夫だから。そんなに泣かれると、まるで僕が死んじゃうみたいじゃないか」

「バカな事を言うんじゃありません」

突然、母親が大声で剛を怒鳴りつけた。横にいた父親は、母親を宥めるように外に連れ出した。その後に続くように、直子とチェインも出ていった。

「心配かけてごめん。まさか君にまで連絡がいくとは思わなかったよ。でも来てくれて、嬉しいよ」

「私、驚いて心臓が止まるかと思ったわ。でも、思ったより元気そうで安心したわ。剛に何かあったら私、生きて行けないわ。剛が、居なくなるんじゃないかって、とても怖かったのよ」

「大丈夫だよ。僕は加奈を置いて、何処へも行かない、何処へも行けないよ。愛してるよ」

――あー良かった。剛が助かって。いけない、私ったらまた気持ちが入り込んでしまってるわ。もっと気を引き締めて、仕事に専念しなくっちゃね。

そう思うとジェニーは、気合を入れて鏡を覗き込んだ。

剛が倒れてから二週間が経っていた。検査のため一週間ほど入院して、その後、自宅で療養していた。加奈は剛のために献身的に介抱した。この一週間で料理も随分上手くなった。今日も覚えたての料理を作って、剛の帰りを待っていた。剛は検査結果を聞きに病院へ出かけていたのだ。

夕方、剛は両手に余る程の花束を抱えて帰って来た。

「お帰りなさい。まあ、どうしたの？」

「君にプレゼントだよ。僕のためにいろいろとありがとう」

「嬉しいわ。ありがとう。検査結果が良かったのね」

明るく、嬉しそうに言う加奈を、剛は黙って抱きしめた。


夕食後、二人はヴィクトリアピークに出かけた。未《ま》だ観光シーズンではなかったので、人はまばらだった。

二人はしばらく夜景を見つめていた。そして剛が静かに話し始めた。

「加奈、僕、オーストラリアの両親の所へ行こうと思うんだ」

「そう、どれくらい？　私も行っていいの？」

「いや、僕一人で……。もう、きっと香港へは帰ってこられないと思うんだ」

「どういうこと？　何を言っているのか分からないわ」

加奈は、不思議そうに尋ねた。

「加奈、落ち着いて聞いて欲しいんだ。今日、病院で白血病だと言われた」

「……移植すれば治るんでしょ？　ドナーが見つかるまで、私がずっと側にいるわ」

「ダメなんだ。もう、手遅れらしいんだ。例えドナーが見つかっても、今の僕では移植手術は受けられないそうだ。どうも、死を待つしかないみたいなんだ」

「……そんな事……。治療すれば、今の医学なら大丈夫よ。私も一緒にオーストラリアに行くわ。

二人で頑張りましょう」

「違うんだよ。君と一緒には行けない。僕だって加奈とずっと一緒にいたい。側にいて欲しい。でも、これから病気で苦しむ僕の姿を見せたくないんだ。それに、もっと見せたくないのは、僕の死に顔なんだよ。加奈の記憶に、僕の死に顔なんかあって欲しくないんだ。君には、元気な僕の姿だけを覚えていて欲しいんだ」

　必死に訴える剛の瞳には、涙が浮かんでいた。


　それから三日後、空港に剛を見送る友人たちの姿があった。しかし、そこに加奈の姿はなかった。何も知らない友人たちは、剛がオーストラリアに治療に行くと信じていた。剛は友人たちに感謝しながら飛行機に乗り込んだ。

　空港の滑走路わきの道路に一台のタクシーが止まっていた。カンガルーのマークを付けた飛行機を見送る加奈の姿があった。「サヨナラ」と声を出さずに言ったその時、加奈の胸に痛みが走った。


　ジェニーは見てしまった。鏡がヒビ割れる瞬間を……。

　──こんな別れ方って、いいのかなあ？　剛が加奈に死に顔を見せたくないっていうのは分かるんだけど、こんな風に残された加奈は、余計に辛いんじゃないかなあ？　やっぱり、最後の時まで一緒にいた方が残された者には、納得がいくんじゃないかなあ？　……心の鏡がヒビ割れる程、加奈は辛い想いをしたのよ。……でも、だからと言って、私には、どうすることもできないのよね。私には、加奈の心の鏡を見守ることぐらいしか……。ヒビ割れた日から計算すると、三年が経っているのね。ヒビは元に戻らないのかなあ……。やっぱり、私にはこのまま放っておくなんてことできないわ。私も加奈の海外転勤に付いて行こう。

加奈は、香港の新しい勤務先のホテルへやってきた。

「よろしくお願い致します。香港は大好きな街なので、ここで働くことができて、とても嬉しいです」

加奈の転勤先は以前、剛がマネージャーとして働いていたホテルだった。加奈は大学を卒業後、剛が働いていたのと同じホテルグループに就職した。日本採用だったので、入社後、直ぐに香港への転勤願いを出していた。

剛と別れてから、日本に戻った加奈は、もうボロボロだった。何をすることも無く、ただ時間を過ごした。毎日、毎日、剛は昨日死んでしまったかも、今日この時死んでしまったかも、それとも、明日死んでしまうのかも。そんな事ばかり考えていた。

そんなある日、何となくテレビのスイッチを入れると、スペシャル番組で、奇跡を起こしたり、奇跡に出会ったりした人たちの話をやっていた。そして、番組を見ていくうちに、加奈は自分が今まで、悲観的にしか剛のことを考えていなかった事に気づいた。

——どうして今まで、助かることを考えなかったんだろう。何かの奇跡が起こることや、生きていることを考えなかったんだろう。剛が元気で生きていることを私が願わないと、奇跡も起こらないわ。

この日から加奈は、剛が生きていることだけを信じることにした。そして、加奈は剛が働いていたホテルグループに就職したのだった。ところが、直ぐにでも香港に行けると思っていたのが、現実はそんなに甘くはなかった。三年目にして、やっと香港への転勤が決まった。


「加奈？　加奈じゃないか？」

ドキドキしながら、声の方を振り返った。

「チェイン、久しぶりね。元気だった？」

「驚いたよ。まさかここで働いているなんて……。どうして連絡をくれなかったの？　でも、元気そうで良かったよ」

加奈は剛のことを聞きたかったが、怖くて切り出せなかった。その表情を察したのか、チェインの方から剛のことを話し始めた。

「アイツ、俺にも連絡をしてこないんだよ。まったく、気楽なヤツだよなあ」

「本当ね、気楽な人よね」

「じゃ、近いうちに食事でもしよう。また連絡するよ」

『何を期待していたんだろう』そう思うと、少し落ち込んでしまった。――チェインの口から、剛が生きていると聞きたかったのだ。

香港にきて初めての休日、加奈はスターフェリーに乗った。初めて剛と出会った場所。加奈にとっては、何もかもが懐かしかったが、同時に胸が痛んだ。

ヴィクトリアピークに向かうロープウェイの前まで行ったが、とうとう乗ることができずに帰ってきた。

ジェニーは、珍しく考え込んでいた。

――いけないわ。こんな風に別れた人のことをいつまでも待っているなんて。それも、生きているかどうか分からない人を……。このままでは、加奈の鏡が割れてしまうわ。鏡が割れると、加奈の心が壊れてしまう。ああ！　どうすればいいの？　誰か教えて！

そうだ！　はっきりしないから苦しむのよ。

ジェニーは、剛の生死を確認することにした。またお節介とは思いながらも、ジェニーは鏡のトンネルに向かった。

――今日は、少し長旅になりそうね。

「エッ、加奈が香港に！　それもホテルで働いているのか」

「お前のことを、とても聞きたそうだったけど、何とか誤魔化しておいたよ。それより、もうそろそろいいんじゃないのか。彼女が可哀相だよ」

「中途半端に会えば、もっと可哀相なことになるかもしれない。もう少しなんだ、もう少しで結果が出るんだ。それまで加奈のこと見守ってやってくれ。そして、もしもの時は、お前から全て伝えてくれ」


——今、電話で話していたのは剛よね。やっぱり、生きていたんだわ。それに電話の相手って、会話の内容からするとチェインよね。一体どういうこと？　加奈があんなに苦しんでいるのに、なぜ本当のことを教えてあげないのかしら？　ジェニーは納得のいかないまま、剛の心の鏡を覗き込んだ。


ジェニーが覗き込んだ場所は、オーストラリアの病院のようだった。明るいサーモンピンクの壁が病室独特の暗いイメージを吹き飛ばしていた。そこに、一人物思いに深ける剛の姿があった。

再検査の結果、やはり今の状態では移植手術はできないと剛は言われた。しかし、医者は剛に二つの提案をした。一つは、従来通りの薬物治療を行い、移植手術ができるようになるまで待つこと。ただし、それまで、剛の体力が持つか保証はできない。もう一つは、まだ実験段階ではあるが、相当有効な新薬があるので使ってみること。その場合、副作用に個人差があるので、はっきり言って、使ってみないと結果は分からない。しかし、その新薬を使って三年以内に何も起こらなければ、完治したと思ってよいということだった。

剛は、悩んだ末に新薬を使うことにした。どちらにしても、生き残る確立は少なかったが、新しいことに挑戦してみたいと思ったのだ。それに、失敗したとしても自分のデータが生かされ、新薬開発に協力することで、最後に役立つことができるとも思ったからだ。

——もし治ったら、加奈に……。

ここ数日は、加奈のことばかり考えていた。加奈のために生きていたかった。もし、加奈に恋人ができて、結婚して、自分のことを忘れていたとしても、加奈を想うことで勇気が湧いてくるような気がした。

ジェニーは、涙ぐんでいた。

——剛が加奈を想う気持ちは本物だわ。そして、剛は今も加奈を想っているというのに……。もう直ぐ、結果が出るって、さっき電話で話してたけど……。ああ！　二人を会わせてあげたいわ。でもどうやって？　誰の鏡を拭けばいいのか分からないわ。

ジェニーがオーストラリアの剛のところで悩んでいる間に、加奈は決意していた。勿論、剛のことで……。香港に来て、自分に少し自信がついた。そして、今の自分なら真正面から剛の現実を受け入れられそうな気がした。剛を愛しているから、もうこれ以上、離れていることができなかった。

加奈は、一週間の休暇を貰い、オーストラリアに旅立った。

剛は病院で最終の検査を受けていた。ベッドに横たわり、大きなドームのような機械の中に入っていきながら、加奈のことを考えていた。この三年間、加奈のことを考えなかった日は一日もなかった。加奈のために生きたいという気持ちを支えに辛い治療にも耐えてきた。そして、それももう終わろうとしている。この間、チェインから掛かってきた電話で、加奈が香港にいることを知った時、自分の身勝手さを反省した。

加奈のことを想って別れたつもりだったが、それは結局は、自分のためにすぎなかった。別れた後の加奈の心の傷まで考える余裕があの時の自分には無かった。

——今、加奈はどうして香港で働いているのだろうか？　たんなる偶然だろうか。それともまだ僕のことを待っていてくれてるのだろうか？　どちらにしても、僕が加奈にしたことは、許されることではない。

検査の結果がどうであれ、剛は加奈に会って謝りたかった。

飛行機の中、加奈は心の中を整理するかのように、剛の居なかった三年間を振り返っていた。剛のことを想うといつも心に痛みが走った。楽しい想い出、幸せな想い出も沢山あったのに、どうしてかいつも心が痛んだ。けれども、剛を忘れようと思ったことは一度もなかった。それどころか、何一つ忘れないように、胸の中をいつも剛で一杯にしていた。オーストラリアに近づくにつれ、加奈は段々と怖くなってきた。本当に、現実を受け入れられるか、自信が揺らいでくるのがわかった。

香港に行くまでは、きっと剛は元気になって私の前に現れると信じていたが、香港で生活するうちに、剛がいないという現実を思い知らされた。奇跡なんか、そう簡単に起こらないと実感させられた。

もう直ぐ到着すると機内アナウンスが流れた途端、加奈は体中に緊張が走るのを感じた。

オーストラリアに着いた加奈は、早速、昔剛の両親から貰ったクリスマスカードの住所を訪ねた。しかし、両親はすでに引っ越していた。途方に暮れていると、近くの家の人が犬を連れて通りかかった。思い切って尋ねてみると、その人は剛の両親のことを良く覚えていた。新しい住所は知らないが、息子さんの病院の近くに引っ越すとかで、シドニーの方へ行ったと教えてくれた。

加奈は、やっと剛の手がかりが見つかり嬉しかったが、シドニーのような大きな街に病院はいくつあるのだろうと、少し気が重かった。でも、ここでめげていたら、何をしにここまで来たか分からない。とりあえずホテルにチェックインして、総合病院からあたることにした。

三日目。加奈は今日も病院を回っていた。入院患者の中に剛がいないか、一つずつ確かめていたのだ。

夕方、加奈は、オペラハウスの近くにある病院にいた。明るいサーモンピンクの壁が、いい雰囲気を持っている病院だった。事務スタッフに剛の名前を探してもらったが、現在入院している患者の中には見つからなかった。加奈は、丁寧にお礼を言うと、しばらく待合室の椅子に座り込んだ。

検査を終えた剛は、病院のエスカレーターを降りてきた。何気なく、待合室の方を見ると、見覚えのある女性が座っているのが見えた。

——まさか！　あれは加奈？　加奈がどうして病院に？　剛は驚いた。直ぐに加奈のところに飛び出して行って、抱きしめたかった。——でも、剛にはできなかった。柱の影に隠れて、三年振りの加奈を見つめていた。

しばらくすると、加奈は立ち上がり、病院を出ていってしまった。

ジェニーは驚いた。加奈がオーストラリアにいるのも驚いたが、剛が加奈を見つけたのに隠れてしまったことに……。

——どうしたの？　どうして加奈のところに行かないの？　もしかして、剛は三年間も加奈を一人にしてしまったことを気にしているのかしら？　愛しているなら素直になるべきよ。愛があれば、三年なんて時間は一瞬で埋めることができるはずよ。

そう言うと、ジェニーは魔法のクロスを取り出して、剛の心の鏡を拭き始めた。三年分の悲しみや、寂しさの埃をゴシゴシと拭きつづけた。

その夜、加奈はホテルのバーで飲んでいた。自分の甘さが嫌になった。あんなに覚悟して、オーストラリアにやったきたのに、結局、剛の生死さえ確認することができなかった。直子が心配して何度もホテルへメッセージを入れてくれたが、無駄足だったともいえず、返事も返せないままだった。明日の夜には帰らなくてはならない。もう時間が無い。このまま諦めて帰るのだと思うと、何とも遣りきれない気持ちになり、グラスをどんどん空けていった。

――目の前のバーテンの顔も窓の外の夜景もぼやけて見える。

自分でもかなり酔ってしまったと自覚したので、部屋に戻ろうと思い、椅子から立ち上がろうとしたが、足がもつれて上手く動かない。

その時、誰かが加奈の肩を抱きかかえて、椅子から立ち上がるのを助けてくれた。加奈は、お礼を言おうと、その人を見上げた。――加奈は、とうとう自分はおかしくなってしまったと思った。今、横で肩を支えてくれている人の顔が、剛に見えてしまう。『いい加減、飲み過ぎてしまったわ』、そう思った次の瞬間、意識が消えてしまった。

目が覚めると、そこは自分の部屋のベッドの上だった。

――ホテルの人が連れてきてくれたんだわ。私ったら何をしてるんだろう。もう時間が無いというのに……。寝てる場合じゃないわ。早く出かけなくっちゃ。

加奈が起き上がると、ベッドから一枚のメモが落ちた。

〝目が覚めたら、プールサイドのカフェへ来てください〟

と書いてある。

――誰かしら？　昨日、バーで忘れ物でもしたのかしら？

加奈は急いでシャワーを浴びて仕度すると、プールサイドのカフェへ向かった。


朝が早いせいか、まだプールで泳いでいる人はいなかった。カフェのパラソルの席に座ると、ウエイターがやってきた。自分宛てにメッセージがあるか確認を頼んで、コーヒーを注文して待つことにした。オーストラリアの夏は、香港や日本とは違い、爽やかだった。

加奈は、またボンヤリと誰もいないプールを眺めながら、剛のことを考えていた。

――もし、剛に会えなくてもまた来よう。次の休暇が取れたらまた剛を探そう。探している間は、少なくとも剛は生きていると信じられるから。

そう思いながらも、加奈は涙が溢れてくるのを止めることができなかった。――その時、急に空からシャワーのような雨が降り出した。プールサイドにいた客たちは一斉にホテルの中に入っていった。でも、加奈は、動くことができず、一人、パラソルの下で座っていた。

「濡れてしまうよ」

その声にゆっくりと顔を上げた加奈は、スコールの中に亡霊でも見つけたような顔で、目の前にいる人を見ていた。

「どうしたの？　僕だよ、剛だよ。長い間会っていないから忘れちゃった？」

優しい瞳、優しい声、少年のような無邪気な笑顔。加奈の知っている健康そのものの剛だった。

「忘れる訳ないじゃない……本当に剛なの、剛なのね」

「君のために生き返ってきたよ。ずっと一人で寂しい思いをさせて、ごめんね。もし、君さえ良ければ、これからは、ずっと君の側にいるよ」

「……ありがとう。生きていてくれて……」


それからは、もう加奈も剛も言葉にならなかった。二人はお互いの存在を確かめるように、三年分抱き合った。


ジェニーは、プールサイドのシャワースタンドの鏡からこの様子を見ていた。しかし、いつもの様に感動の余りに涙していているジェニーではなかった。その表情はむしろ険しかった。

――本当に良かったわ。でも、まだ私の仕事は残っているわ。

そう言うと、ジェニーは加奈の心の鏡を見に行った。

いくらハッピーエンドでも、ヒビ割れた加奈の鏡が心配だったのだ。ジェニーは魔法のクロスを取り出すと、そっと拭いてみたが、ヒビは、元には戻らなかった。ジェニーは悲しくなってしまった。

——鏡の精って、なんて無力なんだろう。こんなに一生懸命頑張った加奈のために、鏡を元に戻してあげることもできないなんて。

ジェニーの目から大粒の涙がポロポロとこぼれて、加奈の鏡に落ちていった。すると、ジェニーの涙が落ちたところから、鏡のヒビが消えていった。そして、鏡は見る見るうちに、ヒビ一つ無いピカピカの鏡になった。

——私の涙にこんな力があるなんて！

ジェニーは驚いていた。

——こんなこと、今まで先輩からも聞いたことがなかったわ……。

ジェニーは嬉しかった。そして、また一つ仕事をやり遂げたという満足感と自信が湧いてきた。

——ホント、鏡の精ってやめられないわ。さあ、今度は、どんな素敵な鏡と出会うのかしら？

どんな鏡もきっとピカピカにしてみせるわ。

そう言ったジェニー自身も美しく輝いていた。

Fourth cleaning

凍りついた鏡

「私の名前は、ジェニーと言います。職業は勿論、鏡の精です。人間は、誰でも心の中に鏡を持っています。生まれた時は、ピカピカに輝いていますが、成長していくと共に、垢や埃が付いて曇ってきます。例えば、悲しみ、憎しみ、寂しさ、絶望などが垢や埃となって、鏡を曇らせるのが一般的です。でも、夢、希望、愛、喜びといったものが、クリーナーの役目をします。人間の鏡は、心の持ち方によって自分自身で磨き、輝かせることができるのです。ところが稀に、自分では、どうしようもない時があります。そこで、鏡の精の出番となる訳です。ここまで何か質問はありますか？」

ジェニーは講義の真っ最中だった。新人の鏡の精たちを前にして、とても張り切っていた。どうしてジェニーが講義をしているのかって、——それは、ある素晴らしい出会いがあったからでした。

――燃えるようなオレンジの夕日、熱い砂浜、温かい大きな手が私の手を引きながら歩く。とても優しい気分だった。私は、温かい大きな手の持ち主に微笑みかける……。

ピッピッ、ピッピッ、ピッピッ……

――もう朝かあ。また同じ夢を見ちゃったわ。さあ起きなくっちゃ。

「花梨《かりん》、朝食ができたよ。カリン、早く」

「はーい、すぐ行くわ。あっ、ヒロ、コーヒーも入れといてね」

「まったく、遅いんだよ。スクランブルエッグが固まっちゃうだろ」

「はい、はい、あんたはいつからコックになったのよ」

ニューヨークに来てから、カリンの朝はいつも、同居中の弟広宣《ひろのぶ》との朝食から始まる。十歳も年の離れた弟の広宣は、ニューヨークの大学に通っていた。将来はＭＢＡを取って、実業家になると張り切っているところへ、突然姉の花梨が転がり込んできてしまった。

それは、一ヶ月前の出来事だった。カリンの二十八歳の誕生日、両親からのプレゼントは、一枚のお見合い写真だった。カリンはその時、自分の置かれている立場に初めて気づいた。大学を卒業して、そのまま自分の母校の教務課に就職した。特に勤めたい企業も無かったし、夏の暑い時期に就職活動するのも面倒だったので、学校側から誘われるままに、就職を決めてしまったのだった。そして、あっと言う間に六年も経ってしまっていた。学生たちに囲まれていると年を取らない様な気にもなり、仕事もプライベートもそれなりに充実していると思っていた。

二十六歳の時に、付き合っていた彼氏からプロポーズされたが、その時は未《ま》だカリン自身が、結婚に興味が無かったので断ってしまった。当然、その人とは別れることになった。しかしカリンは、『縁が無かったのよ』と一人納得して、後悔など全くしなかった。でも、さすがに二十八歳にもなると、親が放っておく訳がなかった。

「花梨、あなたもそろそろ真剣に自分の人生を考えなさい。良いお相手を見つけて幸せになってくれないと、ママもパパも肩の荷が降りないわ」

この母親の言葉にカリンは、はじめピンと来なかった。人生を考える＝《イコール》結婚＝《イコール》将来の安定。『なんか時代錯誤』と思いながらも現実は、こうなんだと思った。

カリンは、お見合い写真を両親に渡しながら言った。

「パパ、ママ、私これからの人生をもっとよく考えてみたいの。だから、もう少し時間をください。自分で考えて、答えが見つからなかったら、その時は、パパとママの言う通りにするから」

結局、両親もカリンの希望を聞き入れてくれた。カリンの思い切りの良さは、父親譲りかもしれないと母親が思ってしまう程、それからのカリンの決断と行動は速かった。

誕生日の次の日、カリンは、職場に退職届を出した。上司や同僚たちも急なことに驚いたが、結局、誰からも引き止める言葉は無かった。頑張って働いてもこの程度なんだなあとカリンは思い知らされた。この時から、カリン自身も、これは本当に自分の人生を見つめ直すには良いチャンスだと真剣に思える様になった。

とりあえず、ゆっくり考える場所が必要だった。そこで思いついたのが、弟の留学しているニューヨークだった。弟の所なら両親も何も言わないだろうし、ニューヨークに一度は住んでみたかったので、好都合の場所だった。弟に電話した時は、面倒を見させられそうだから嫌だと言われたが、何でもするからと頼み込み、渋々ＯＫをもらったのだが、やはり、弟の心配した通りになっていた。


「カリン、今日は、大学の帰りに友達の家に寄るから遅くなるよ。夕食は自分で作って食べろよ」

「うん、わかった。もう慣れてきたから、大丈夫よ。ついでに買い物もしておくわ」

広宣は、カリンの言葉に、「本当にできるの？」と言いたかったが、その言葉は飲み込んで、出掛けて行った。


ジェニーは休暇中だった。このところ、鏡の精の仕事が多過ぎて休む暇が無かったのだ。

――まったく、日本の若者の心の鏡はどうなっているのよ。自分の力で磨こうって気持ちがまるで無いんだから……。みんな、もっと心の鏡を大切にして欲しいもんだわ。あーあ、また仕事のことを思い出しちゃったわ。今は、仕事を忘れて久しぶりのニューヨークを楽しまないとね。さて、今日はどこへ行こうかなあ。ミュージカルもいいし、ブティックも楽しいわよね。

そう言いながら、ジェニーが辿り着いたのは、チャイナタウンのカフェだった。

——とてもアンティークで素敵だわ。テーブル、椅子、そして私がいる鏡もすべてアンティークだわ。これって、何世紀のものかしら？

「十八世紀後半のものよ」

突然の声にジェニーは、飛び上がって驚いた。

「すみません。無断で入ってきて……。まさか鏡の精が、いらっしゃるなんて思わなかったもので」

「いいのよ、こちらこそ急に声を掛けて驚かせてしまって、ごめんなさいね。それに私は、鏡の精をとっくに引退しているから、遠慮しないでくださいね」

普通、引退した鏡の精は、鏡の国で静かに暮らしていて、鏡の中に入ってくることは、滅多にないはずだった。ジェニーは、なぜ引退した鏡の精が、チャイナタウンのカフェの鏡にいるのか、不思議だった。そこで、ジェニーは、思い切って聞いてみた。

「なぜ、ここにいらしゃるんですか？　この鏡に想い出でもあるんですか？」

「はっきり物を言うのね。気持ちが、真っ直ぐなのね。私も若い頃はそうだったわ。あなたの名前は？」

「ジェニーです」

「そう、ジェニーね。私の名前はマーサ。こんな所で会ったのも何かの縁ね。少し、年寄りの昔話に付き合ってくれるかしら」

そう言うと、マーサはゆっくりと話し始めた。

「四〇年前、中国からニューヨークに移民してきた夫婦がいたの。私は、その夫婦と船の中で出会ったのよ。狭い船室の中で、夫婦はしっかりと手を取り合い、妻の方は、不安で少し震えているようだった。でも、鏡に映る二人の瞳は、希望と勇気に満ちていた。私は、好奇心から、その妻〝メイリン〟の心の鏡を覗いてみたの。――メイリンの鏡は、キラキラと輝き、まるで湖面が太陽の光を浴びて、輝いているようだった。私は、それまで、メイリンのような美しい鏡を見たことがなかった。それからというもの、鏡の精の仕事に息詰まった時や挫折しそうになった時、メイリンの鏡を見ては、癒され、励まされたのよ。

ニューヨークに来てからのメイリンは、とても頑張っていたわ。どんなに辛いことがあっても、夫のシュウと二人で、一生懸命働いていた。そして、メイリンの鏡が、少しでも曇りそうになったら、私は、鏡を拭いた。いつも綺麗な鏡でいさせてあげたかったから……。

一〇年経って、メイリン夫婦が、やっと手に入れたのが、このカフェだったのよ。そんなに大きな店ではないけれど、見てのとおり素敵でしょ？　私は、この鏡の中からメイリンの幸せそうな姿を見るのがうれしかった。

しばらくして、男の子が生まれたの。名前はアンディー。顔立ちはメイリンにそっくりで、とても賢い子どもだったのよ。メイリンもシュウも益々一生懸命働いて、マンハッタンの大通りにも店を出し、カフェは成功して、今では、ボストンやワシントン、西海岸にも店舗があるのよ。本当に幸せな家族だった。アンディーは大学を卒業して、ＭＢＡの資格を取った後、大きな日本の企業に就職したの。メイリンたちは、息子のアンディーを誇りに思っていたのよ」

ジェニーは、段々マーサの表情が、暗くなっていくのに気付いた。それに、言葉が過去形なのも気になって、口を挟んだ。

「ねぇ、マーサ、メイリンは何処にいるの？　私も彼女の鏡を見てみたいわ」

ジェニーは、そう言うと鏡の中からカフェを見渡した。

「ここには、もう居ないわ。メイリンもシュウも天国に行ってしまったの」

「……それで、メイリンたちを偲んで、ここにいらしたんですね」

「それもあるんだけど、私は、アンディーが心配で仕方ないのよ。ジェニー、三年前のマンハッタンで起きた、大規模な爆破テロ事件を覚えている？」

「ええ、あの時は日本にいたんですけど、鏡越しにテレビのニュースで見ました。ニュースを見ただけで、大勢の人の心の鏡が曇ってしまい、鏡の精たちは、クリーニングに大忙しになったんです」

マーサは、目にいっぱい涙を溜めながら、静かに話し始めた。

「あの日、メイリンとシュウは、マンハッタンの店にいたの。店の前の六〇階建てのビルに、アンディーの勤めている会社が入っていたの。アンディーは、ランチタイムになると両親のカフェにやって来て、食事を取るのが、日課だった。そして、お昼の少し前に、あの運命の爆発が起きたの。一度目の爆発で、ビルの最上階が吹っ飛んだわ。メイリンの店も、物凄い爆風を受けたの。

シュウは息子のことが心配になり、直ぐにビルに向かったの。メイリンもアンディーの携帯に何度も掛けたけど、繋がらなかった……。アンディーとシュウのことが心配になったメイリンが、外に出て、ビルの前で二人を探していたその時、二度目の爆発が起きてしまった……。

あの日アンディーは、打ち合わせで外出していてビルの中には居なかった。それを知らずに、メイリンとシュウは……。アンディーは、一度に大切な両親、友人、同僚を亡くしてしまったのよ。

私は、アンディーのことが心配になり、彼の心の鏡を覗いてみたの。長いこと鏡の精をやってきたけど、あんな鏡を見たのは初めてだった。冷たく鈍く光る鏡。まるで凍りついているようだった。見ているだけで、孤独感に襲われてしまうような鏡。アンディーの鏡は、凍ってしまった。――私は、アンディーの鏡に何もしてあげることができなかった。アンディーの鏡は、あれから、その時のままなのよ。いつか、アンディーの鏡が昔の様に温かみのある、優しくキラキラ輝く鏡に戻ることを願っては、こうして時々見に来るの」

ジェニーは、マーサに掛ける言葉が見つからず黙って俯いていると、マーサが、ジェニーの肩を叩きながら言った。

「ほら、あそこに居るのがアンディーよ。素敵でしょ？　メイリンの自慢の息子だもの。今は、会社を辞めて両親のカフェを継いでいるのよ。――あらあら、少ししゃべり過ぎたかしら、そろそろ戻らないといけないわね。昔話に付き合ってくれて、ありがとう。ジェニー、あなたと会えて良かったわ。またどこかで会いましょう。ごきげんよう」

そう言うとマーサは、鏡のトンネルに消えて行った。

――鏡の精として、目の前に助けないといけない鏡があるのに、何もできないなんて、何て辛いことかしら……。別に、マーサのせいではないのに……。マーサは、アンディーの鏡を救うことができなかった自分を責めて、鏡の精を引退したのかもしれない。私に何かできればいいのだけれど……。また私ったらお節介になちゃってるわ。今は休暇中なのよ。

ジェニーは自分にそう言い聞かせると、スッキリしないまま鏡のトンネルを抜けていった。


カリンには、ニューヨークに来てからのお気に入りの場所があった。

ニューヨークに来た最初の日、弟の広宣と夕食を取りにチャイナタウンにやって来た。そして、食後にブラブラと歩いていたら、一軒のカフェを見つけた。中に入ると、アンティーク家具が沢山置いてあり、座ったソファーは、このまましばらく眠りたいと思う程、座り心地が良かった。カリンは、カプチーノを飲みながら、とても満足していた。

――初日にこんな素敵な場所を見つけられるなんて、最高だわ。何だか良い事が沢山ありそうな気がしてきたわ。やっぱり、ニューヨークで正解だったわ。

などと、一人で盛り上がったのだった。

今日もカリンは、歩道の脇に並んだ売店で、新聞・雑誌・求人誌・学校案内等を買い込み、お気に入りのカフェへ向かった。

平日の午前中ということもあり、客はまばらだった。カリンは、カプチーノを注文して、お気に入りのソファーに座ると、早速、辞書を片手に新聞を読み始めた。しばらくして、カリンは、スペルを拾うのに夢中になっていて、うっかりカプチーノをこぼしてしまった。直ぐに店員がやって来て、丁寧に拭いてくれた。

「洋服は、大丈夫ですか?」

「はい、ありがとうございます。えっ、日本語! あなた日本人ですか?」

「いいえ、アメリカ人です」

「ごめんなさい、日本語だったから……」

「いいんですよ昔、日本の企業で働いていたから。少しは日本語も話せます」

「そうなんですか。じゃあ。リストラでもされたんですか?」

店員は、カリンを見て面白そうに笑った。

「あっ、私ったら初対面の人になんて失礼なこと……。ごめんなさい」

そう言うと、慌てて荷物をまとめて出ていった。

家までの帰り道、カリンは、自分が言ったことが恥ずかしくて、何度も心の中で、バカ、バカ、バカと言い続けた。

——あーあ、素敵な人だったのに、私ったらホント失礼な女だと思われてるわ。まったくもー。

カリンは、家に着いてから、辞書のないことに気付いた。

――しまった、あのカフェだわ。どうしよう？　でも、恥ずかしくて取りに行けない。でも、折角のお気に入りのカフェを無くすなんて、絶対に嫌だわ。うーん、どうすれば良いのー？

ゴツン！！　痛たーい。カリンは鏡に向かって考え込んでいて、ついついオデコを鏡にぶつけてしまった。

キャーッ！　地震？　ジェニーは鏡のトンネルを抜けている最中、大きな揺れに驚いた。ジェニーは、近くにあった鏡を覗き込んでみた。すると、目の前に、オデコを撫でている女性がいた。このせいで揺れたのね。人騒がせな……。ジェニーは暇を持て余していたので、人騒がせな揺れの原因を覗きに行くことにした。

――ふーん、カリンっていうのかあ。へー面白いわ。お見合いを断って人生を考えにニューヨークに来たのかあ。でも、何がしたいか見つからず、イライラしているってとこかしら？　……でもないようねえ。

ジェニーは、カリンの心の鏡のあちこちを見ては、自分勝手な推理をして遊んでいた。その時、あっ、これってアンディーじゃない？　場所は確かに、あのカフェだわ。えっ！　アンディーが笑ってる！　なんて優しい笑顔なの。でも、一瞬で消えている。やっぱり心の鏡が凍っているせいかしら？

ジェニーは、一度アンディーの鏡を見てみたいと思った。そして、そこは行動の早いジェニー。

思った次の瞬間、鏡のトンネルに向かって飛び出して行った。もう、カリンの鏡のことなど、すっかり忘れてしまったかのように……。

次の日、カリンは、カフェに辞書を取りに行くことにした。店の中をそっと覗き込むと、

——良かったあ。今日は、あの店員さんは居ないみたいだわ。

そう思うと、ドアを開けて中に入り、店員に辞書の忘れ物は無いか聞いてみた。

すると直ぐに、これですか？　とカリンの辞書が出てきた。お礼を言って店を出てから、何気なく辞書をパラパラとめくってみると、メモが挟まっていた。そのメモには、

ぼくは、リストラではなく、自分から辞めました。

アンディー

と書いてあった。

——どうしよう？　今度会ったら、絶対に謝ろう。

カリンは次の日もまた次の日もカフェを覗いてみたが、アンディーの姿はなかった。そして一週間後、もう一度カフェを覗いてみたが、やっぱりアンディーの姿はなかった。辞めてしまったのかもしれないと、諦めて外に出た時、

「やあ、辞書は取りに来てくれた？」

アンディーだった。カリンは慌ててお礼を言って、それから、丁寧に〝リストラ〟のお詫びを言った。

「別に気にしていないから。じゃあ、また……」

アンディーは、そう言うと店の中に入っていった。

カリンは、何だか体の力が抜けてしまった。アンディーにお詫びを言いたくて、ずっとアンディーを待っていたのに、いざ出会って、お詫びを言ったら、スッキリするどころか、何か心の中がモヤモヤとして、変な気分だった。そして、もうアンディーと話すきっかけが無くなってしまったかと思うと、急に寂しくなってしまった。

――私ったら、何を考えていたのかしら、お詫びに食事でも……なんて、ダサいことを考えなくもなかったけど、結局、言い出せなかった……。きっと、まだニューヨークに慣れてなくて、人恋しかったのよね。

カリンは、アンディーのことは、もう気にしないようにすることにした。


そして、あっと言う間に二ヶ月が過ぎていった。カリンは、フィニッシングスクールに通っていた。ウオーキング・テーブルマナー・カラーコーディネイト・話し方・立ち居振る舞いなど、どの授業もカリンにとっては楽しかった。日本のフィニッシングスクールとは違い、年齢も様々だった。日本だと嫁入り前の娘が通うというイメージが強いので、二十歳から二十五歳位までの人たちが中心だが、ここでは花嫁修業として利用する人は少なく、自分を磨いて向上させる、キャリアアップとして通う人が多かった。

カリンは勿論、花嫁修業とは思っていなかったが、日本の両親はやっと娘も結婚に対して本気になったと思い、喜んでいた。


――今日のウオーキングレッスンは、厳しくて疲れたわ。足がパンパンになちゃった。

カリンは、図書館の前にある大階段に座り込んで、ボーとしていた。

「あれっ、君は辞書の……?」

「アンディー!」

「名前を知っていてくれたなんて、光栄だなあ」

「辞書に挟んであったメモに名前が書いてあったから……」

「ああ、そうか！　今日はこんなところに座って、どうかしたの?」

「学校の帰りなんです。ちょっと疲れたから座ってただけなんです。あなたは?　あっ、図書館ですか?」

「うん、ちょっと調べ物があってね。それより、もう閉館時間だよ。こんな所で、ボーっとしてたら危険だよ。ぼくはカフェに戻るけど、家の近くまで送るよ」

カリンは、もうドキドキしていた。口で呼吸しないと、酸欠になりそうだったが、必死で平静を保っていた。

「ありがとう。家は、カフェと同じ方向なんです」

「じゃあ、行こうか」

二人は、並んで歩き出した。

アンディーの話し方はとても優しくて、カリンの緊張もいつの間にか消えて、会話も弾んでいた。そして、あっと言う間にカリンの住む高層アパートの前に着いた。

「ありがとう。私の家、ここなんです」

「へー、いい所に住んでいるんだね」

二人が立ち止まって話していると、

「おーい、カリン！　どうしたの？　こんな所で立ち話して……」

大きな買い物袋をいくつも下げた広宣が現れた。

「カリンのボーイフレンド？」と広宣が、カリンをからかう様に言った。

「やめてよ！　失礼でしょ。アンディー、弟の広宣よ。こっちの大学に通ってて、一緒に住んでいるの」

カリンがアンディーに紹介し終えると
「はじめまして、アンディー。カリンのボーイフレンドじゃないの？」

カリンは真っ赤になって、広宣に文句を言った。

「バカな事言わないで、いい加減にしてよ」

そんなカリンの言葉を無視して、広宣はアンディーに話し掛けた。

「そうだ！　もし良ければ、晩ご飯でも一緒にどうですか？　今日は、すき焼きにしょうと思って、たくさん買い物してきたから……」

結局、広宣の強引な誘いで、アンディーも一緒に食事することになり、三人のすき焼きパーティーが始まった。

「すごい！　アンディーとぼく、同じ大学だったんだ。しかもＭＢＡまで持ってるなんて、まったく僕の理想だよ」

アンディーと広宣は、すっかり意気投合してしまった。カリンは何だか一人置いてきぼりにされたような気分になったが、食事が終わる頃には、三人はすっかり仲良くなっていた。

数日後、アンディーから連絡があり、すき焼きのお礼に食事に招待したいとのことだった。

当日、広宣とカリンは、チャイナタウンのカフェで待ち合わせることにした。カリンは早く着きすぎたので、カプチーノを注文して、側に置いてあったビジネス雑誌を何気なく手に取った。表紙を開いて、カリンは驚いた。『アンディーが載っている』写真の顔は、間違いなくアンディーだった。

「うちのオーナーなんです。カッコイイでしょ？」

横を通りかかった店員が、カリンの開いているページを見て声を掛けた。記事を読んでいくカリンの顔は、段々と青ざめていった。アンディーは失業してカフェでアルバイトをしていると思い込んでいたのだ。

——私は、きっとアンディーに失礼なことばかり言ってたんだわ。日本の企業を辞めたのだって、ご両親のカフェを継ぐためだったのに……。私って、本当にバカだわ。

広宣が、入ってきて、カリンの様子がおかしいのに気付いた。

「どうしたの？」

カリンは、無言で雑誌を渡した。

「わーお！　アンディーじゃない。へー、ここのオーナーだったのか。さすが、ぼくの理想の先輩だ」

「あのね、ヒロ、……私、アンディーが失業中だとばかり思っていて、……それで何か失礼なこと言ってしまったかしら？」

「大丈夫だよ。アンディーはそんな事気にするような人じゃないよ。待ち合わせに遅れるから、そろそろ行こう」


二人はカフェを出て、約束のレストランに向かった。もう直ぐ着くという時に、いきなりカリンが、

「ごめん。やっぱり、私、今日は止めとくわ。先に帰るから、アンディーによろしく言っておいて」

と言うと、走っていってしまった。広宣は、仕方なく一人でレストランに入った。既に、アンディーは来ていた。広宣がカフェで雑誌を読んで、カリンがアンディーに合わせる顔がないと言

って帰ってしまったことを正直に話した。――二人は食事を終えて店を出ると、アンディーが、

「今から家に行ってもいい？　カリンを驚かせたこと、謝りたいんだけど……」

「勿論、いいですよ。でも、アンディーが謝ることではないと思うけど」

カリンは、自分の部屋のベッドの上に座り、何故かヨガのポーズを取って、考えていた。

――あーあ、私ったら、どんな顔をしてアンディーに会えばいいの？

カリンは、アンディーが急に遠い存在になったように感じ、それが堪らなく寂しかった。


「カリン、ただいまー、大丈夫？　もう寝た？　入るよ？」

「大丈夫よ。さっきは、ごめんね。アンディーは何か言ってた？」

と言いながら、ベッドから立ち上がって驚いた。広宣の後ろにアンディーが立っていた。

「急に来てごめんね。雑誌の取材記事で、君を驚かせてしまったみたいだね。気を悪くさせてしまったかな？」

「違うの、私、自分が勝手に勘違いしてたことが恥ずかしくて……。話してくれればよかったのに」

「ぼくは、人と仲良くなるのが得意じゃないから……。それに、自分のことは、あまり話さない方なんだ。でも、君達といると楽しくて……」

「そうね。ごめんなさい。別に詳しく話さなくても友達には変わりないものね」

「ありがとう」

カリンはアンディーの言葉に安心した。カリンの方がアンディーに「ありがとう」と言いたい

気分だった。

――数日後、カリンは学校の帰りに、チャイナタウンのカフェで本を読んでいた。よく来るので、店員とも顔なじみになっていた。

「はい、スペシャルカプチーノです。今日は元気そうですね」

「ええ、とっても。ありがとう。……ところで、オーナーのアンディーのご両親って、事故で亡くなったそうだけど……」

「ええ、とても素敵な方々でしたよ。でも、三年前のマンハッタンの爆破テロの犠牲になって……。オーナーは、ご両親と会社の大勢の仲間を一度に失われたんです。元気に振舞っていらっしゃるけど、相当辛い経験をされたんですよ。あっ、テロの話は、オーナーの前では禁句ですよ」

カリンは、大きな石で頭をガーンと殴られたような衝撃を受けた。

――あんなに人に優しくて、いつも陽気な人なのに、そんな辛い過去があったなんて……。だからアンディーは、自分のことをあまり人に話さないのね。テロの犠牲者の遺族なんて言ったら、変に同情されたり、特別視されたりするものね。アンディーは、そうなるのが嫌なんだわ。

カリンは、今聞いた話は、心の中にしまっておくことにした。勿論、弟にも話すつもりはなかった。

ジェニーは、アンディーの心の鏡を見て驚いた。

――マーサが言った通りだわ。冷たく鈍く光る鏡。本当に氷のようね。私もこんな鏡を見るのは初めてだわ。

ジェニーは、恐る恐る鏡の中を覗き始めた。

しばらくすると、ジェニーがアンディーの心の鏡から顔を上げた。ジェニーの顔は、涙でくしゃくしゃになっていた。

――そうよね、一度に愛する人をこんなになくしてしまったら、絶望や悲しみ、テロに対する怒りや憎しみが深いのは、当たり前よね。

ジェニーは、マーサの気持ちが少し理解できた。ジェニーは考えた。迷った。でも、結局自分にできる事は、鏡を拭くこと。そう気付いた時、ジェニーは決心した。アンディーの鏡を元に戻してあげたい。まだ、どうすれば戻るのかは、分からないけど、鏡の精として、力の限りを尽くそうと……。

とりあえず、鏡の氷を溶かさないと、鏡を、拭くことができない。どこかに氷を溶かすヒントがないか、鏡のあちこちを覗いてみることにした。

「あっ、これだわ。この人たちだわ」

ジェニーはいきなり大声を上げた。鏡の中でジェニーが見つけたのは、カリンと広宣の姿だった。

――この二人と一緒に居る時のアンディーが、一番素直に感情を出しているように見えるわ。特にカリンっていう女の子には好意を持っているように見えるけど、――アンディーの心が無意識に拒絶しようとしている。愛する人を失う恐怖が、アンディーの心を支配している。

——これでは、いつまで経ってもアンディーは、誰も愛することができないじゃない。でも、もしかしたら、このカリンって子なら、アンディーの氷を溶かすことが、できるかもしれないわ。そう言えばこの子、どこかで見たことがあると思ったら、鏡におでこをぶつけていた子だわ。思い出した。確かこの子の鏡にもアンディーが映っていたわ。よしっ、もう一度、カリンのところに行ってみよう。

ジェニーは、再び鏡のトンネルに消えていった。

「先生、これでいいでしょうか？」

「ええ、とってもいいわ。カリンは日本でフラワーアレンジメントを習っていたの？」

「いいえ、アレンジメントではなく、日本に昔からある華道、簡単に言うと生け花を習っていました」

「あのジャパニーズスタイル独特のものね。私も何度か見たことがあります。素晴らしいわね。よかったら、今度生けて見せてくれないかしら」

「はい、喜んで」

カリンは、フラワーアレンジメントの授業を受けていた。日本に居た時からお花のお稽古が大好きで、小学生の頃から習い始め、大人になってからもずっと続けてきて、師範の腕前だった。

授業が終わるとカリンは大急ぎで帰る仕度をしていた。今日はアンディーとヒロと野球を見に行く約束があった。すると、そこへフラワーアレンジメントの先生、ミセス・リンクがやってきた。

「カリン、お話ししたい事があるのだけれど、少しだけ時間を頂ける？」

「はい、少しなら構いませんけど……」

カリンは、少しドキドキしながら、ミセス・リンクのオフィスに入っていった。子どもの頃から、先生に呼ばれると、悪いことをしていなくてもドキドキするのは、生徒の習性だろうか、などと考えながら……。

「突然、ごめんなさいね。とりあえず、掛けてちょうだい」

と言いながら、ティーポットにお湯を入れ始めた。

「カリンは、ニューヨークに来て、どれくらい経つの？」

「もう直ぐ六ヶ月です。今取っているコースも来月で終了なんです」

「その後は？」

「まだ、はっきりと決めてないんです」

「もし、もうしばらくニューヨークに居るんだったら、お願いがあるのだけど……。実は、私事なんだけど、ここを辞めようと思っているの。でも、急な事なので、後任が決まらなくて困っているのよ。もし良ければ、あなたが私の後を引き継いでくれると、嬉しいのだけれど……」

「ミセス・リンク、急に言われても……。それに技術だって先生には、全く及びません。言葉も充分に話せないし、人に教えるなんて……そんな責任のあること私には無理です」

カリンは必死になって抗議したが、ミセス・リンクは、まったく落ち着いた様子で、紅茶を差し出しながら優しく言った。

「大丈夫よ。言葉は問題ではありません。教える人の心が花の形となって伝わります。あなたなら、きっと大丈夫です。私が見込んだのだから。しばらくは、私もサポートします。完全にあなた一人きりにするのではないから安心して」

「だったら、私が先生のアシスタントをします。その上でゆっくり勉強させてください」

「ごめんなさいね。そんなにゆっくりしている時間がないの」

ミセス・リンクは、少し躊躇いながら話を続けた。

「……実はね、主人が癌なの。あと一年持つかどうか分からないのよ。今はまだ元気に見えるけれど、いつ寝たきりになるか分からない。だから私は決めたの。最後の時をずっと一緒に過ごそうと……。だから、お願い、どうか私を主人の側に居させて欲しいの」

カリンは、黙って下を向いたまま、顔を上げることができなかった。この状態で断ることは、カリンにはできなかった。


カリンは学校を出ると、タクシーの中で涙が溢れそうになるのを何度も堪えた。講師になることの不安ではなく、ミセス・リンクのご主人に対する愛情の深さに感動していたのだ。

「遅いぞカリン、もう直ぐ始まっちゃうよ」

ヒロが怒っていた。野球ファンは、始球式から見ないと気が済まないらしい。

「何かあった？　元気がないみたいだけど……　目も少し赤くなってるよ」

アンディーが、チケットを渡しながらカリンに言った。

「ううん、大丈夫よ。さあ、行きましょう」

野球を見ている時も、カリンは考え事ばかりしていた。隣では、アンディーとヒロがゲームに夢中になっていた。

——私はどうするのが一番良いんだろう？　今までは、周りの状況に流されて、その流れの方向に進んでいた気がする。ミセス・リンクを助けてあげたいけど、このままニューヨークに居ることは、日本の両親がきっと許さないだろうし……。人生を見つめ直す期間って、一体どれくらいなんだろう？　このままで、見つめ直すことができるんだろうか？　今の生活が楽しくて、人生を考えるなんて、すっかり忘れてたわ。それに、私、アンディーのこと……。だからと言って、それを口実にして、ニューヨークに残るなんて嫌だし。

カリンはアンディーの心の傷を知ってしまった以上、無理に告白したり、愛情を押し付けたりすることは、絶対にしないと決めていた。

カリンが考え事をしている間に、ゲームが終わってしまった。帰り道、アンディーがカリンに尋ねた。

「体の具合でも悪いの？　いつものカリンと違うから……。大丈夫？　何でも話して、友達なんだから……」

カリンは、アンディーの優しさが嬉しかったが、友達という言葉に、少し痛みを感じた。でも、今日のことを話したいと思った。カリンは、アンディーに、ミセス・リンクの話をした。講師になることの迷いの全てを……。

アンディーは、しばらく考えている様子だったが、笑顔でカリンに言った。

「人を助けることは、素晴らしいことだよ。神様は、カリンならミセス・リンクを助けてあげることができるとお思いになったんだよ。

カリンなら、きっとできると僕も思うよ。さあ、カフェで、コーヒーでも飲もうよ」

「ねえ、何の話？　二人でコソコソと怪しいなあ」

カリンは、気楽な広宣が羨ましかった。


カリンは、家に戻ってから、広宣にも今日あったことを話した。

「それで、カリンはどうしたいの？」

「私は、ニューヨークに残って、講師をやりたい」

「じゃあ、それでいいんじゃないの」

「でも、パパとママの事を考えると気が重いわ。何て話したらいい？」

「どうせ、ワーキングビザを取りに、一度は日本に帰らないといけないんだから、その時に正直に言ったらどうなの？」

「正直に話しても、納得してくれると思う?」

「ちょっと難しいかもね。だけど、このまま帰ったら後悔するだろ? 先生のこともアンディーのことも……」

「何言ってんのよ。先生はともかく、何でアンディーが出てくるのよ。こうなったら、明日帰るわ! ねえ、ネットでエアーのチケットを予約して、今すぐよ!」

「はいはい、言い出したら早いなあ」

その頃ジェニーは、カリンの心の鏡を見るために、カリンを探していた。

——まったく、もう! カリンったらどこに行ったのかしら。家にも学校にも居ないし……。

そうだ、カフェに行ってみよっと!

ジェニーがカフェのアンティークの鏡越しに店の中を見回すと、アンディーと話をしている弟の広宣の姿があった。ジェニーは二人の会話に聞き耳を立てた。

「そう、カリンは日本に行ってるんだ。じゃあ、講師の話を引き受けることにしたんだね」

「なんだ、アンディーも講師の話を知ってたんだ」

「いつ頃戻ってくるの?」

「さあ? それが問題なんだよね。カリンって、ああ見えても結構、親の言う事を素直に聞いてしまう所があるから、……心配なんだ」

「何の事？　ただ、ワーキングビザを取りに行っただけじゃないの？」

「あれっ、アンディーって、カリンがどうしてニューヨークに来たのか知らなかったの？　カリンは、お見合い結婚させられそうになったんだけど、上手いこと言って、逃げてきたんだよ」

「そうだったのか……」


アンディーは、言葉を続けることができず、仕事があるからと言って、自分のオフィスに急いで戻ってきた自分の中に、違和感を覚えるのだった。この三年間、人に対して感情を持たないようにしてきたのに、カリンの話で少し動揺している自分に驚いた。

アンディーは、これ以上カリンのことを考えるのは止めようと、目の前の書類に目を通し始めた。


——やっぱり、この鏡のせいね。

いつの間にか、アンディーの心に入り込んでいたジェニーは思った。

——氷の鏡には何も映らない。だから、アンディーはいつまでも人を拒絶し続けるんだわ。アンディー自身は、カリンのことが気になり始めているのに、この心が受け入れようとしない。——鏡の精って、本当に役立たずだわ。こんな時に見ているだけなんて……。この鏡の氷を溶かすことができるのは、きっと、カリンだけだわ。これは、鏡の精としての感だけど……。よしっ、早くカリンを探さないと！

ジェニーは、日本に向かって鏡のトンネルに入って行った。

「急に帰ってきて、また直ぐに行くの？　パパに何て言うつもり？　やっと帰ってきたって、喜んでいるのに……まして、ニューヨークで仕事をするなんて……。花梨ちゃんは、結婚する気がないの？」

「ママ　ごめんね。今はまだ結婚は考えられない。私、ニューヨークに戻って、講師の仕事がやりたいの。人から必要とされて働くなんて、今まで経験したことがないもの。どうか分かって、ニューヨークなら、きっと何か見つけられそうな気がするの。それに一人じゃないでしょ？　ヒロだって居るし、二人なんだから安心でしょ？」

母親は、カリンが確実に成長していることを感じた。そして、仕事だけでニューヨークに戻りたいのではないことも気付いていたが、今は娘を信じて何も聞かないことにした。

「花梨ちゃん、明日、パパが出張から帰ったら話してみましょう。あっ、そうだ、ヒロくんからFAXが届いてたわよ。ニューヨークに戻ってくる時に、持ってくるものリストだって、お菓子とか、服とか色々書いてあったけど、そんなもの全部あっちで買えるでしょ？　ニューヨークで姉弟の絆でも深まったのかしら？　……」

母親はニコニコしながら言った。

次の日、やはり、カリンと父親の大喧嘩が始まった。お互いに一歩も譲ろうとしない。終いには、頭にきたカリンが家を飛び出して行った。怒っている父親の側に母親が座り、静かに話し始めた。

「あなた、もういいじゃないですか。ムキになって結婚、結婚って言わなくても……。今の時代、幾つになって結婚したって構わないし、それに、あの子が幸せでいてくれることの方が大切じゃないんですか。私たちだって、お見合いしたのではなくて、出会って、愛し合って結婚したんだから、花梨にもあなたみたいな人が現れるのを祈って、待っててあげましょうよ」

母親のこの言葉に父親は、撃沈させられてしまった。

カリンの家の柱の鏡から、この様子を見ていたジェニーは母親に拍手を送った。

――こんな素敵なお母さんに育てられたカリンは、本当に素敵な子に違いないわ。やっぱり、アンディーを救うのはカリンしかいないわ。――さてと、カリンの所に行ってみよう。

十日後、ビザがおりると、カリンは直ぐにニューヨーク行きの飛行機に乗った。

「もしもし、ヒロ、今、空港に着いたの。これから帰るわ」

「何だよ急に……　心配してたのに！　日本を出る前に連絡ぐらいしろよ」

と、文句を言う間もなく、電話が切れた。

「カリン帰ってきたの？」

「うん、そうみたい。今、空港に着いたって」

丁度、広宣はアンディーのオフィスに居た。大学の課題レポートを読んでもらっていたのだった。

「レポートも良いできだし、カリンも帰って来たし、じゃあ、今夜はお祝いしよう」

アンディーは、自分でも不思議なくらいカリンが帰ってきたことが嬉しかった。そして、安心したのだった。――アンディーにとって、カリンは大切な人になっていたから……。


カリンが家に着くと、すでに広宣とアンディーが待っていた。カリンは、アンディーまで居るので驚いた。一番会いたかった人に会えて嬉しかった。

「おかえり、カリン、待ってたよ」

そう言うと、アンディーはカリンを抱きしめた。

軽くハグされただけなのに、カリンは驚いてしまった。今まで、アンディーからハグなんか一度もされたことがなかったから……。普通、アメリカ人の場合、家族は勿論、友達や親しい人にはハグしたり、キスしたりするものだが、アンディーはそういうことをしなかった。だから、〝おかえり〟と、抱きしめられて、少し動揺してしまった。できるだけ平静を装おうと思ったが、足元のスーツケースを全部倒してしまった。

「遅くなってごめんなさい。ビザの申請とか色々あって……。それより、二人揃って待っててくれるなんて、一体どうしたの？　あっ、分かった、私が居ないと二人とも寂しかったんでしょ？」

「バカなこと言ってないで、早く食事に行こうよ」

「もう、ヒロったら、アンディー、何とか言ってよあの態度」

本当は嬉しかった。いつもと変わらない広宣の態度に感謝すらしていた。そして、アンディーが前よりも、もっと近く感じられるような気がした。

私が、日本に帰っている間に、何かあったのかしら？　と興味はあったが、それよりも、ずっとアンディーとこのままの関係が続くことを願った。


翌日から、カリンは急に忙しくなった。今までは生徒として通っていたけれど、これからは、講師として通うことになるので、当然、気持ちも全然違ってくる。気楽から緊張へ……。ミセス・リンクからの授業内容の引継ぎや学校との事務手続きや何やらで、あっと言う間に日にちが過ぎて、とうとう明日は、初めての授業を迎えるのだった。カリンは緊張の余り、このまま逃げ出したいと何度も思ってしまったが、ミセス・リンクのため、応援してくれた家族や友人のために頑張らないと、と覚悟を決めた。そして、明日の授業の準備を終えて、学校を出た。

「カリン！　カリン！　ここだよ」

学校の前の道路にアンディーの車が止まっていた。

「まあ、アンディー、偶然ね。図書館に来てたの？」

「いいや、カリンを待ってたんだ。早く乗って、行くところがあるから」

カリンは、アンディーの車に乗り込むと、不思議そうにアンディーに聞いてみた。

「どこに行くの？」

「明日、初授業だって。さっき、ヒロから聞いたから……」

と、質問とは、ちぐはぐな答えが返ってきた。そうしているうちに、一軒のブティックの前に車が止まった。

「やっぱり初日は、ビシッと決めていかないとね。初日の洋服は、絶対にぼくがプレゼントしようと決めてたんだ」

カリンは嬉しくて、この気持ちをどう表現していいか分からなかった。アンディーは店員と相談しながら洋服を選び、カリンは何度も試着室を出たり入ったりした。

「これに決めない？　カリンはどう？　これに決めよう！」

アンディーは、カリンの返事を待たずに決めてしまった。濃いグレーのキャリア風スーツ、体のラインが上品に出て、知的且つ、優しい印象を見るものに与えている。

この様子をブティックの鏡からジェニーは見ていた。

——さすが、アンディーね。とってもセンスが良いわ。それに、カリンのことをよく理解している感じがするわ。洋服を選んでいた時のアンディーは、まるで、遠足の前の日におやつを選ぶ子供の様だったわ。もしかして、鏡に変化でもあったのかしら？

ジェニーは、アンディーの心の鏡をそっと覗きに行ってみた。……が、やっぱり鏡は氷ついたままだった。でも、何だか、凍っている中が少し明るくなった気はするのだが……。

ジェニーは、落胆しながら、また鏡のトンネルに向かった。

数週間が経ち、カリンもようやく講師の仕事に慣れた頃、日本にいる父親から連絡があった。

友人の息子が、出張でニューヨークへ行くので、カリンと広宣とで案内するようにということだった。

「えーっ、私は忙しいから観光案内なんて、無理だわ。ヒロ、お願いね」

「もうっ、ぼくだって、レポートいっぱい溜まってるからダメだよ。それに、アンディーのカフェのバイトがあるし、休めないよ」

結局、夜に何も用事のないカリンが案内役になってしまった。

——まあ、向こうも出張で来てるんだから、食事して、ミュージカルをみるか、マンハッタのナイトクルーズにでも行けば完璧よね。

カリンは、自分にとってすごく楽な観光を計画していた。

そして、案内当日。ホテルのロビーで待ち合わせをしていた。ホテルが、学校の近くだったので、カリンは待ち合わせの三十分前に到着していた。ソファーに座り、本を読んでいると、一人の男性が近づいてきた。

「失礼ですが、宮本花梨さんですね」

カリンが驚いて顔を上げると、知的なメガネをかけ、ネイビーのスーツがよく似合っている素敵な男性だった。

「中村京介です。今日は父があなたのお父様に無理なお願いをしたようで、ご迷惑をおかけします」

「いいえ、とんでもない。あっ、ご挨拶が遅れました。宮本花梨です。弟がどうしても外せない用がありまして、私一人でご案内することになりました。……と言っても、それ程詳しくないのですが……。でも、どうして私だとお分かりになったのですか？」

「ああ、お父様の会社に伺ったとき、デスクの上に家族の写真を飾っていらして、その時に……」

――へー、パパって、会社のデスクに家族の写真なんか飾る人だったんだ。

カリンは、父親の意外な一面を知り、少し見直してしまった。

「あっ、では行きましょうか」

カリンと京介は、同い年ということもあり、直ぐに仲良くなった。それに、京介は、学生時代にカリフォルニアに留学していたらしく、カリンよりも英語が堪能だった。二人は夕食の後、京介のリクエストで、バーに行くことになった。ニューヨークらしいバーといえば、前にアンディーに連れて行ってもらったところしかカリンには、思いつかなかったので、そこに行くことにした。


店内には、ジャズが流れ、そのボリュームも大き過ぎず、体を包み込むような心地よいソファーが、時間の流れを緩やかにする。

「素敵なところだね。いつも彼氏と来るの？」

「そうだったら、いいんだけど……」

二人がたわいもない会話をしている時、――店の奥のソファーには、アンディーが座っていた。

会社のスタッフと打ち合わせがてら、バーで飲んでいたのだ。

アンディーは、カリンが入って来たときすぐに気付いたが、横に男性がいたので声を掛けそびれてしまっていた。カリンが他の男性と笑って話している姿を見て、アンディーは、段々冷静さを失っていく自分が分かった。だからといって、カリンに声を掛けにいく気にはなれなかった。感情を押し殺す癖がついてしまったのか、見ていないフリをしようと決めた。これまでアンディーは、カリンを大切な友人の一人だと思っていた。いや、思い込もうとしていた。


——今、アンディーの心に何か変化が起きようとしていた——


ジェニーは一日中、カリンの行くところ、行くところの鏡を探しては、ずっと様子を見ていた。アンディーの事も気になってはいたが、カリンの事も気になっていた。カリンがアンディーを想う気持ちを心の奥底に閉じ込めてしまわないか、心配だったのだ。

ジェニーは、信じていた。——今では、確信していた。アンディーの凍りついた心の鏡を元に戻せるのは、カリンだけだと……。

そして今、ジェニーはバーの鏡の中で、アンディーとカリンの様子を見て地団駄《じだんだ》を踏んでいた。

——ああ、大変！　このままではアンディーが誤解してしまう。せっかく良い方向に向かっていたのに。なんてタイミングが悪いの。せめて、カリンがアンディーに気付いてくれたら、すぐにアンディーの誤解が解けるのに……。

ところが、アンディーはそのまま店を出ていってしまったのだ。ジェニーの想いは、カリンにもアンディーにも届かなかった。今までも、運命の女神様に振り回されたけれど、今回も女神様の気まぐれなイタズラであることを願うジェニーだった。

金曜日、午後の最後のクラスを終え、カリンは誰もいない教室で、一息ついていた。携帯の電源をいれると、メールが一件入っていた。弟のヒロからだった。今夜、アンディーとヒロの三人で食事をする約束をしていたのだが、アンディーの体調が悪いので、キャンセルになったと書いてあった。カリンは心配になり、アンディーに電話をしてみたが繋がらなかった。

まったく、ヒロったら、体調が悪いだけじゃ分からないじゃない！　どう悪いか、肝心なところが抜けてるんだから。

カリンは来週のクラスの予定を確認し、準備を手早く済ませると、チャイナタウンのカフェへ向かった。

カフェでは、広宣がバイト中だった。

「あれ、カリンどうしたの？　メール見なかったの？」

「見たわよ。だから、ちょっと気になって寄ってみたの。アンディーは？」

「さっきアパートに帰ったよ。顔が真っ青で、すごく気分が悪そうだった」

「そう……。私、様子を見てくるわ。じゃあ、後でね」

カリンは、アンディーの家に向かう途中で、オレンジとレモンと蜂蜜を買った。小さい頃、母親が作ってくれた、温かいレモネードにオレンジピールを浮かべたのを飲むと気分が良くなった。それを思い出して、アンディーにも飲ませたいと思ったのだ。

アパートのインターホンを押しても応答がないので、コンシェルジュにアンディーが帰っているか尋ねてみた。カリンとヒロは、よく出入りしているので、コンシェルジュと顔見知りだった。彼によると、もうすでに帰っていて、そう言えば、具合が悪そうだったという。カリンは、もしかしたら起き上がれないほど具合が悪いのかもしれないと思い、理由を説明して、部屋のオートロックを開けてもらった。

「アンディー？　カリンよ。大丈夫？」

声を掛けながら、ゆっくり中に入っていった。電気のスイッチを探しながら居間に入ると、ソファーにアンディーが寝転がっていた。近寄って声を掛けても返事がないので、そっと額に手を当ててみるとかなり熱かった。――すごい熱だわ。どうしよう？　とりあえず熱を下げるために、アンディーの頭と脇の下に、アイスパックを入れて冷やし始めた。そして、ちょうど自分のために持っていた、アスピリンをアンディーに飲ませた。何度も氷やタオルを取り替えているうちに、朝になってしまった。朝日が差し込み、アンディーが目を覚ました。

「アンディー、大丈夫？　少し熱も下がったみたいよ。良かったわ。もう少ししたら、病院にいきましょうね」

カリンは、アンディーの額に手を当てながら、覗き込んだ。

「……カリン？　ぼくのことは、放っておいてくれ。ぼくは一人で大丈夫なんだ。もう帰って！」

苦しそうな声で、アンディーは言った。

思いもよらない言葉がアンディーから返ってきたので、カリンは、どうしていいのか分からず、そのまま部屋を飛び出してしまった。

ジェニーは、カリンの部屋の鏡の中で、ずっとカリンの帰りを待っていたが、待ちくたびれて、ウトウトと眠っていた。すると、いきなり鏡がグラグラと揺れたので、驚いて目を覚ました。

——何？　地震なの？　えっ、カリン？　カリンがベットに飛び込んだの？

カリンは、ベットにもぐり込んで、声を上げて泣いていた。一体何があったの？　ジェニーは、カリンの心の鏡を覗こうとしたが、カリンの泣き声が大き過ぎて、覗いていられなかったので、あきらめた。

そうだ、アンディーのところに行けば、何か分かるかも……。

ジェニーは、鏡のトンネルを通って、アンディーの家に行くことにした。

カリンは泣いて、泣いて、泣き続けた。何かに取り付かれたように泣いていた。そして、いつの間にか眠りに落ちてしまった。

——燃えるようなオレンジの夕日、熱い砂浜、温かい大きな手が、私の手を引きながら歩く。

カリンは、夢を見ていた。そして、「あっ、またこの夢だ」そう思いながら、夢の続きを見ようとしていた。この夢を見ると、とても優しい気持ちになれる。そして、いつも温かい大きな手の持ち主を見ようと思うのだけれど、その前にいつも目が覚めてしまう。ところが、今日は、その手の主が振り返った。カリンに向かって、優しく微笑むのは、アンディーだった。

カリンは、息が止まるくらい驚いて、目を覚ました。起き上がっても、まだドキドキしている。カリンは思った。アンディーにあんな言い方をされた後でなかったら、どんなに幸せな夢だったろうと。

——私は、アンディーの心の傷を癒してはあげられないのかもしれない。無理に入り込むつもりはないけれど、拒絶されるのは、やっぱり少し辛い。友達としての距離を守らなければ、いけないのかも……。自分でも気付かないうちに、それを破っていたのかもしれない。

カリンは、自信がなかった。今朝のことを、何も無かったかのように過ごせるかどうか……。

ジェニーが、アンディーの居間の鏡に着いたとき、アンディーは床に座り込み、虚ろな目をして、ただじっとしていた。

——一体何があったの？

ジェニーは、そっと、アンディーの心の鏡を覗き込んだ。

――まあ、大変！　せっかく明るさを取り戻そうとしていた鏡が、また暗くなっている。カリンに酷いことを言ってしまったことを後悔しているわ。カリンに言った言葉は、アンディーの本心ではなくて、氷の鏡が言わせた言葉だわ。アンディー自信が混乱してしまっている。いけないわ！　このままだと、前よりも、もっと暗くなって、心の鏡が完全な闇に閉ざされてしまう。その前に、何とかしなくては……。

ジェニーは、腕を組んで考えることに集中した。

――焦ってはだめよ、ジェニー。私は鏡の精、人間の心や感情をコントロールしたり、思いのままに動かすことはできない。ただ、いつも輝いた鏡でいられるように、手助けするだけ。

ジェニーはこんな時、自分の仕事がもどかしくて堪らない。そして、無言のまま、鏡のトンネルに入っていった。


月曜日の朝、空は、鈍よりと曇っていた。「今の私の気持ちと同じだわ」と思いながら、カリンは空を見上げていた。学校までの道のりは、いつもより遠く感じられた。

月曜日は、カリンの担当するクラスが四つもあるので、忙しくて自分のことを考えている暇などなかった。カリンのクラスは人気があり、いつも生徒が沢山いて、みんながカリンに好意的に話しかけてくれるので、いつも通りの笑顔でいることができた。

最後のクラスを終え、後片付けをしている時に、ふっとアンディーのことが頭をよぎったが、考えないようにしようと懸命に他のことを探した。カリン自身、今はアンディーのことを考えるべき時ではないことを本能的に分かっていたのかもしれない。

今、考えても悪い方に、悪い方にと考えがいってしまい、きっと良い結果が出るはずがない。それより何も考えず、少し時間が経つのを待とうと思っていた。


チャイナタウンのカフェでは、午後から広宣がバイトに励んでいた。最近やっとエスプレッソを作らせてもらえるようになったので、張り切っているのだ。

「ハーイ、ヒロ、頑張ってるね」

「ハーイ、アンディー。体はもう大丈夫なの？」

「ありがとう。熱が下がったから、もうすっかり元気になったよ。それと、あのお……、カリンにもお礼を言わなきゃって思ってるんだけど……」

「あれ？　携帯つながらなかった？　あっ、授業中は切ってるからなあ。でも、三時過ぎてるから、今ならつながるかも」

「直接お礼が言いたいから、今夜、三人で食事でもどうかと思って」

アンディーは、自分がカリンにどんな酷いことを言ったのか、はっきりと覚えていた。泣きながら飛び出して行ったカリンの姿が目に焼き付いていた。広宣が、カリンに電話してみると言ってくれたたので、ホッとした。自分でする勇気がなかったから……。

「もしもし、カリン、今夜アンディーが食事しないかって言ってるけど、何時頃に終わる？　…

…えっ、そうなの。じゃあ仕方ないね。うん、分かった、アンディーに伝えておくよ。じゃあ、家で……」

アンディーが不安そうな顔で広宣を見つめていた。

「今夜は、ミーティングと食事会があるんだって。残念だけどって言ってたよ」

「そう、ではまた今度にしよう。お疲れ様」

そう言うと、アンディーは自分のオフィスに戻って行った。


カリンは少し悔やんでいた。アンディーの誘いを断ってしまったことを……。でも、今、アンディーの前で普通に笑っている自信がカリンにはなかった。


ジェニーは、鏡の国にいた。

「まあ、ジェニー、訪ねてきてくれて嬉しいわ。でも、突然私のところに来るなんて、何かあったの？　顔を見たところ、良い知らせって訳ではないわね。話したいことがあるのでしょ？　さあ、どうぞ座ってちょうだい」

そう言うと、マーサも大きな椅子に腰を下ろし、ハーブティーを淹れ、ジェニーに勧めた。ジェニーは、ティーカップを手に持った途端、涙が溢れ出してきた。

「大変、涙の出るハーブを入れてしまったかしら……。さあ、ジェニー、ゆっくりでいいのよ。私には聞いてあげることしかできないけれど……」

しばらく泣いて、やっと落ち着いてきたので、ジェニーは、マーサにアンディーとカリンのことを話し始めた。マーサは、頷きながら静かにジェニーの話を聞いていた。そして、ジェニーが話し終えると、

「ジェニー、一人で辛かったわね。良く頑張ったわ」

そう言いながら、ジェニーを抱きしめ、背中を何度も何度も優しく撫でた。

「でもね、ジェニー、アンディーは以前よりも人間的な心を取り戻してきたんじゃない。あなたが心配して、何度もアンディーの心の鏡を覗きに行ったお陰で、あなたの優しい温もりが、氷の鏡に伝わったんじゃないかしら」

「マーサ、私は何もできなかったのよ。それどころか、アンディーの氷の鏡をますます暗くさせてしまった」

「そんな風に思わないで。あなたには、素晴らしい才能があるわ。鏡を磨くだけではなく、その鏡に温もりを与えられる。あなたに出会った時から、私は気付いていたのよ。だから、アンディーの鏡のことを話したのよ。ジェニー、あなたがアンディーの鏡を気に掛けていてくれる限り、アンディーの鏡は壊れないわ。もっと自分の力を信じなさい」

ジェニーは、マーサの言葉を聞いて、改めて自分に言い聞かせた。

――逃げてはダメ！　鏡を磨くのが仕事なのに、磨く前に放り出すなんて、鏡の精として失格だわ。

気を取りなおして、ジェニーは、もう一度アンディーの鏡を見に行くために鏡のトンネルに向

かった。

　カリンがアンディーと気まずくなってから、あっという間に二週間が過ぎてしまい、もう六月になっていた。そう、六月は、カリンが二十九回目の誕生日を迎える月なのだ。カリンは、このところ気が重い毎日を送っていた。きっと、日本にいる両親が何か言ってくるだろうし、アンディーともあれから何の連絡もとっていない。アンディーの出張が長引いていて、彼はずっとニューヨークにいなかった。メールや携帯で、連絡を取る方法もあったが、気まずいまま別れてしまったので、どう話を切り出せばいいのか、きっかけが掴めず、グズグズ考えているうちに、こんなに日が経ってしまったのだった。


　カリンが朝のコーヒーを飲みながら、ボーとしていると、急に広宣が声を掛けた。

「ねえ、かりん、来週の誕生日はどうするの？」

「どうするのって、どういう意味？」

「いや、誰かと過ごすのかと思って……」

　カリンは広宣を思いっきり睨みつけた。

「あっ、そうだ！　パーティーしよう。ぼくが腕を振るって、ご馳走を作るよ。それとも、どこか予約しようか？」

　カリンは、コーヒーカップをテーブルの上にドンと置くと、

「誕生日に弟と二人で、レストランって、おかしくない?」

「じゃあ、アンディーとか友達みんな呼んで、パーティーしよう。ぼくから連絡しておくよ。大変、学校に遅れちゃうよ。See you.」

カリンは、アンディーという名前が出た時、一瞬ホッとした。また、アンディーと元通り付き合える。友達として一緒にいられるきっかけを広宣がわざと作ってくれようとしていると思った。気楽に何も知らないフリをしているけど、そこは一緒に暮らしている弟だ。カリンの気持ちに気付かない訳がない。カリンは、広宣に感謝した。

——さあ、私もそろそろ出掛けないと……。

カリンは、爽やかなネイビーのスーツに着替えると、いつも通りの時間に家を出て、歩いて学校へ向かった。


一方、アンディーは、ラスベガスにいた。別にカジノに遊びに来ているのではない。新しくできるビルの一階にカフェをオープンすることになり、契約や内装の打ち合わせのために来たのだが、ビルのオーナーがアラブ系の大富豪ということもあり、何事ものんびりしていて、おまけに、ゴージャスな内装を好むので、アンディーのカフェのスタイルと折り合いがつかず、苦労していた。アンディーは、こんなに長引くとは思わなかったので、ニューヨークに仕事を沢山残してきてしまったことを後悔していた。勿論、その中には、カリンのこともあった。出張から戻ったら、すぐにカリンに会って謝ろうと思っていた。

「何を考えていたんだ？　とっても深刻そうな顔をしてたよ。まるで、恋人にフラれた時みたいな……」

そう言って笑いながら、ロバートが書類を持って現れた。

彼、ロバート・スタンレーは、アンディーの弁護士でもあり、友人でもあった。アンディーが、以前働いていた日系企業が入っていたビルに、ロバートの法律事務所もあった。当時は、お互いエレベーターで会ったとき挨拶する程度の仲だったが、テロ事件の慰霊祭で再会したとき、隣で泣き崩れたロバートを慰めたのがきっかけで、二人は親しくなった。今では、ビジネスでもプライベートでも良きパートナーだった。勿論、彼もカリンと広宣のことは、よく知っていた。それに、アンディーの気持ちも……。だが、彼もアンディーの心の傷を理解する者の一人なので、無理に触れることはしなかった。

ちょうどルームサービスが、コーヒーを持ってやって来た。

「さあ、アンディー、コーヒーでも飲みながら打ち合わせを始めようか。おっと、その前に株価のチェックをするのを忘れてた」

そう言うと、ロバートはテレビのスイッチを入れた。すると、いきなり物騒なニュースが流れてきた。

「おい、おい、またテロか。もう止めてくれよ」

ロバートがスイッチを切ろうとしたとき、現場のライブ映像が映った。

「待って、ロバート。あの建物、州立の図書館だよな。カリンの学校はその隣のビルなんだけど……」

次の瞬間、アンディーは、自分の目を疑った。映しだされた映像には、爆発で、メチャクチャになった図書館とその横で、燃えているビルがあった。間違いなく、カリンの働いている学校の建物だった。アンディーもロバートも一瞬にして、顔色を失った。

「ロバート、後のことは君に任せるよ。ぼくは……」

そう言うと、上着を掴んでホテルの部屋を飛び出した。空港へ向かうタクシーの中で、アンディーは、三年前のテロのことを思い出さずにはいられなかった。ガレキの中、父と母の名前を叫びながら歩いた、あの日のことを……」

そして、カリンの無事を神に祈る言葉だけが、頭の中をグルグルと回っていた。

「さあ、みなさん、今日は、ブーケを作ってみましょう。ドレスに合わせて作る場合や持つ人の個性や好みに合わせて作る場合など様々です。自分が持ってみたいブーケを作ってみてください。前にいくつか見本を作って、置いてありますが、真似をしないで、自由な発想で作ってみてください。それでは、先ず使う花を選んでください。質問があれば声をかけてください」

カリンがいつものように授業を進めていたその時、いきなりドーンという轟音とともに、床が地震のように大きく揺れた。何が起こったのか分からず、騒然とする中で、カリンは非常口のドアを開け、生徒たちを非難させるために大声で叫んでいた。

「早く、早く、階段に気を付けて！」

カリンが誘導している最中にまた大きな爆発音がしてビルが揺れた。あまりの揺れの大きさに、カリンと数人の生徒は、壁の方へとばされ、倒れ込んでしまった。倒れている生徒たちのところへ行こうとしたが、体が動かない。埃と煙が充満して、辺りもよく見えなくなってきた。

――助けて、アンディー。私このまま死んじゃうの？　まだアンディーに何もしてあげてないし、何も伝えてないのに……。

カリンは、薄れゆく意識の中で、アンディーに対する熱い想いが込み上げてくるのを感じていた。


鏡の国から帰って来たジェニーは、アンディーを探していたが見つからず、カフェの鏡やオフィスの鏡を行ったり来たりしていた。

――アンディーったら、どこに行ってるのかしら？　仕方ない、カリンの学校に行ってみよう。

鏡のトンネルを抜けて、ジェニーが見たものは、ガレキの山だった。

――おかしいわ。確かここは学校のはずなんだけど……私が覗いている鏡も割れて、床に落ちているから全体が見ずらいわ。

そう思いながらも辺りを見回すと、人の気配がした。よく見ると、

――えっ、まさか、あそこに倒れているのはカリン？　他にも見覚えのある顔だわ。カリンの生徒じゃないかしら。大変、ここは、やっぱりカリンの学校だわ。一体何が起こったの？　早く

カリンたちを助けないと。　どうすればいいのかしら？

その時、近くで救助隊の声がした。ジェニーは、「ここよ」、と叫びたかったが、鏡の精の声が人間に聞こえるはずがない。そこで、ジェニーは、割れた鏡の破片を魔法のクロスで大急ぎで拭き始めた。すると、鏡の破片は、キラキラと輝き出した。

「おーい、あそこで何か光ってるぞ」

一人の隊員が、大声で他の隊員を呼んだ。そして、もう一人の隊員が、無線機を取り出した。

「負傷者発見、負傷者発見。目視で四名。至急応援をお願いします」


——見つけてもらえて良かった。神様、カリン達をお助けください。

ジェニーは、光る鏡の中から祈っていた。


広宣が、一時間目の授業を終えて教室から出てくると、ロビーに置いてあるテレビの前に人だかりができていた。広宣は、テレビの前にいた友達に聞いてみた。

「何かあったの？」

「見てみろよ、またテロかもしれないぞ、なんて酷いことを……」

広宣は、見覚えのある建物にドキッとした。

「これ、イーストにある図書館？」

「ああ、かなりの爆発みたいだよ。あの通り、周りにある建物まで、メチャクチャだよ」

広宣は、心臓が飛び出しそうな位、速くなるのを感じた。そして、慌てて学校を飛び出し、カリンの無事を確認するために現場へ向かった。

途中、何度もカリンの携帯に連絡したが繋がらない。きっと、回線が混んでいるからだと、自分に言い聞かせた。


広宣が現場に着くと、辺りは騒然としていた。一帯には、立ち入り禁止の黄色いテープが張り巡らされていた。カリンの学校まで近づくことができない。何人もの警官に姉を探していると言って回ったが、みんな事態の収拾に追われていて、相手にしてもらえなかった。何の情報も得られないまま、今度は、消防隊員に聞いて回った。すると、カリンかどうかは分からないが、倒壊寸前の学校の建物から、何人かの女性が救出され、既に病院に搬送されていると教えてもらった。広宣はケガ人が搬送された病院の名前をいくつか教えてもらうと、急いで病院に向かった。一軒目の病院では、カリンの姿は見当たらなかった。スタッフにも確認してみたが、東洋人の女性はいないと言われ、次の病院に向かった。

その病院も大勢のケガ人で、ごった返していた。

「すみません、こちらに日本人の女性は運ばれてきていませんか？」

「少々お待ちください」

受け付けの女性が、パソコンで調べてくれる。

「お名前は？」

「カリン　ミヤモト」

「あっ、これかしら？　Kミヤモト、女性」

「今、どこにいますか？　ケガをしてるんですか？」

「ただ今、緊急手術をされているようです。ここでは詳しいことは分からないので、第四手術室に行ってください。手術スタッフがいますので、そちらで聞いてください」

　広宣は、第四手術室へ向かいながら、泣きそうになるのを必死に我慢した。そして、手術室の受付を見つけると、

「今、カリン　ミヤモトという女性が、第四手術室にいると聞いたんですが、どんな容態ですか？」

　看護師は冷静な態度で広宣に聞いた。

「ご家族の方ですか？　念のためお名前をお願いします」

「ヒロノブ　ミヤモト。弟です」

「ミス　ミヤモトは、十二時から手術に入っています」

「容態は？」

「緊急なもので、こちらでは分かりません。運ばれてきた患者さんの中で、重症度の高い方から手術を受けていらっしゃるので……。

　終わり次第、説明があると思いますので、待合室でお待ち下さい」

仕方なく広宣は待合室に行ったが、ここも手術を受けている患者の家族で一杯だった。

ジェニーは、ずっとカリンに付いていきていた。救急車の中も病院に着いてからも、側にある鏡の中から様子を見ていた。

カリンは、爆風を受けて飛ばされた時に、足を複雑骨折し、さらに、折れた骨が筋肉に刺さり、出血が酷く、痛みとショックで、意識を失っていた。――そして今も、ジェニーは手術室の鏡の中にいた。

――カリン頑張って！　神様どうかカリンをお助けください。

朝のニュースを見て飛び出したアンディーは、キャンセル待ちをして、何とかニューヨーク行きの便に乗ることができたが、空港が厳戒体制に入り、なかなか着陸許可が下りず、空の上でイライラしていた。

――カリン、どうか無事でいてくれ、生きていてくれ、君を愛しているのを認めるのが怖かったんだ。でも、君を失うことはもっと怖いんだ。神様、どうか、ぼくからこれ以上愛する人を奪わないでください。

アンディーが、爆発現場に着いた時には、やじ馬や報道陣で一杯だった。広宣にもカリンにも連絡がつかないので、自分の足で探すしかないと思い、ここへ来たのだが、人を探せるような状況ではなかった。

しかし、偶然、知り合いのテレビ局の報道スタッフと出会い、ケガ人はいくつかの病院に運ばれたことを聞き、アンディーは、片っ端から病院を回った。五軒目の病院を訪ねたとき、ロビーにいる広宣をやっと見つけた。広宣は、手術待合室の雰囲気に耐えきれず、ちょうどロビーに出てきていたのだった。

「ヒロ、カリンは？　カリンは大丈夫？」

広宣は、アンディーを見ると、いきなり抱き着いて泣き始めた。今まで、一人不安を抱えて耐えていたから、アンディーを見て少し気が緩んでしまったのだ。

「ヒロ、しっかりして、カリンはどうしたの？　ちゃんと話して」

「ごめん、アンディー、カリンは今、手術をしているよ。でも、詳しいことは、分からないんだ。もう手術室に入ってから、五時間以上経つのに、まだ出てこないんだ」

この話を聞いて、アンディーの顔は、益々顔色を失っていった。

「とりあえず、カリンの側に行こう。ヒロ、しっかりするんだ」

二人は、手術待合室に向かった。


それから一時間程すると、看護師がやってきた。

「ミス　ミヤモトのご家族の方は、いらっしゃいますか？」

アンディーと広宣は、飛び上がって、看護師のところへ行った。看護師は、その勢いに驚く様子もなく、冷静に言った。

「手術が終わりましたので、ドクターから説明があります。こちらへどうぞ」

二人は、手術室の前にある小さな応接室に通された。待っていると、手術衣のままのドクターが現れた。

「ドクター・スミスです。ミス　ミヤモトのご家族ですね?」

「はい、弟です」

「そちらは?」

と、ドクターがアンディーの方を見ると、広宣が先に答えた。

「彼は、友人ですが、家族と同じです」

「では、ミス　ミヤモトの状態について、お話しします。右の大腿部を複雑骨折されており、アンラッキーなことに、骨の一部が筋肉に刺さり、大量の出血を起こしてしまいました。運び込まれたときは、かなり危険な状態でした。手術により、骨折箇所の修復と、止血に成功しました。しかし、かなりのショック状態でしたので、しばらくはICUで様子をみましょう」

広宣もアンディーも全身の力が抜けて、立ち上がることすらできなかった。やっとの思いで立ち上がると、アンディーがドクターに尋ねた。

「では、命に別状はないんですね?」

「ええ、今のところ大丈夫でしょう。足の方も時間は掛かりますが、元に戻りますよ。幸い、神経には損傷がなかったので」

「あのお、会えますか？」

広宣が、やっと口を開いた。

「勿論、但しガラス越しになりますが……」

二人はドクターにお礼を言い、握手をして部屋を出た。手を消毒し、エプロンとマスクを着けて、二人は、ＩＣＵの中に入っていった。ガラスの壁で仕切られた部屋の向こうに酸素マスクや点滴、それに、いくつかの機械を付けたカリンが横たわっていた。呼吸をする度に、カリンの胸がかすかに動いているのがわかる。顔は、血の気を失っていて、真っ白だったが時折まぶたが動いている。

その様子を見て、二人の目からは涙が溢れていた。ただ無言で泣き続けた。


ジェニーは、ＩＣＵの鏡の中で泣いていた。

――良かった、本当に良かった。神様、カリンを助けてくださって、ありがとうございます。

そして、ジェニーは思い出したかの様に、広宣とアンディーの鏡が心配になった。

――これだけショックを受けたんだもの、二人の鏡のダメージは、きっと凄いに違いないわ。

今の私にできるのは、やっぱり、これしかないから……。

ジェニーは先ず、広宣の鏡に向かった。

――あーあ、やっぱり少し曇っているわ。でも、カリンが良くなれば、また元通りのピカピカの鏡に戻るだろうけど、それまで放っておくのは可哀相だから、拭いてあげよう。

広宣の鏡を拭き終わると、今度は、アンディーの鏡に向かった。

——何？　何が起こっているの？　ジェニーは驚いた。アンディーの鏡に付いた氷が溶け始めている。もしかして、あの涙？　アンディーがICUでカリンを見たときに流した涙？　そうよ、きっとそうよ。あの涙は、カリンへの溢れる愛情だったんだわ。その温かい涙が氷を溶かしたんだわ。

——そう言えば、両親が亡くなった時、アンディーは泣いてなかったわ。両親を亡くしたショックと、テロへの憎しみが、涙を凍らせてしまった。そして、心の鏡まで凍らせてしまったのね。アンディーは、人を愛する気持ちを、やっと受け止めることができたのね。こんな状況でっていうのは、残念だけど……。

結局、私はアンディーの鏡を見守っていただけで、何もできなかったけど、鏡の精の力なしで、あの氷の鏡を元に戻したアンディー自身の力って凄いわ。いいえ、ここまでアンディーを変えたのは、カリンだから、カリンの愛の力ってとこね。カリンのことも、まだ心配だけど、すぐにマーサに知らせてあげたい。

ジェニーは、鏡のトンネルに飛び込んでいった。

事件から、一週間が過ぎた。カリンは少しずつ回復し、爆発のショックからも、少し立ち直っていた。それに、カリンの生徒の中に死亡者がいなかったことが、何よりカリンを安心させた。

広宣から連絡を受けた両親も日本からやってきた。何が何でもカリンを連れて帰ると、怒鳴り散らしていた父親も、どうにか落ち着き、母親だけを残し、一旦、日本へ帰っていった。

そして今日は、カリンの誕生日。

「花梨ちゃん、おはよう。今日はいいお天気よ。お誕生日おめでとう」

花籠を持って、母親と広宣が現れた。

「どう？　病院で迎える誕生日は？」

広宣が、ニコニコしながら聞いた。

「うーん、最高！　な訳ないでしょ！　あー、早く出たい。もう病院なんか飽きちゃった」

「何、子供みたいなこと言ってんだよ。まだまだたっぷり入院してないといけないんだから」

「じゃあ、ケーキぐらい買ってきてよ」

「それならアンディーが後で持ってくると思うよ。プレゼントは何がいいか聞かれたから、病院で飢えてるから、ケーキとかがいいかもって、言っといたよ」

「もう、何でそんな変なこと言うのよ」

母親が、急に話に入ってきた。

「アンディーって、花梨ちゃんがＩＣＵにいる時に、見かけた方よね。私達、気が動転していて、ちゃんと挨拶もしていないわ」

「そうだよ、アンディーは、カリンがここに来てから、毎日様子を見に来ているよ」

カリンも母親も驚いていた。アンディーは病室には入らず、看護師に様子だけ聞いて帰っていたのだ。

「もしかして、花梨ちゃんの彼氏なの？　とても感じの良い方よね。あの方だったら、ママは賛成だわ」

「いやだわ、ママったら、アンディーとは、そんなんじゃないわよ。イタッ、イタタタァ……」

「何、急に真っ赤になって暴れてるんだよ。じゃあ、ぼく、学校に行ってくるよ」

その後、回診や検査で午前中は、あっと言う間に過ぎた。母親は自分の昼食を買いに病室を出ていった。


トントン、ノックの音が聞こえた。

「どうぞ」

カリンが明るい声で答えた。

「やあ、カリン、お誕生日おめでとう」

大きなケーキの箱を持って、アンディーが入ってきた。

「スゴイ！　アンディー、これケーキでしょ？　こんなに食べられないわ。でも、開けて見せて」

アンディーが大きな箱を開けると、ハッピーバースデイと書かれた、巨大なデコレーションケーキが登場した。

「これ全部食べたら、もう一つプレゼントをあげるよ」

アンディーはおどけた顔でカリンに言った。

「酷い。無理に決まってるでしょ？　いくら好きでも、こんなに大きなの一人で食べられないわよ」

「それじゃあ仕方ない、今日は、誕生日だから、特別だよ」

そう言うと、アンディーは、ポケットから小さな箱を取り出した。そして、今度は、真面目な顔で話し出した。

「カリン。ぼくは、もう一生愛する人は作らないと決めていた。テロ事件で両親と友人達を亡くした時、もう二度と失う苦しみを味わいたくないと思った。だから、誰も心に入りこまないように、無意識のうちにガードしていたんだと思う。

ところが、君と出会ってから、何かが、少しずつ変わってきた。ヒロと三人で食事している時なんか、家族で食事していた頃のことが頭をよぎった。そしてその時、辛い気持ちよりも、むしろ安らぎを感じていたんだ。

思い出すと辛かったのに、段々、楽しかった過去の記憶としてぼくの中に蘇ってきたんだ。

そして、何より君といることが楽しかった。君はぼくにとって、とても大切な存在になっていったけど、それを受け入れることがぼくには怖かった。でも、あのニュースで事件を知って、君が巻き込まれたかもしれないと思うだけで……。はっきり失いたくないと思った。君を心から愛しているから。

これからは、一生ぼくの側にいて欲しい。どんな形でも君を失うことは、耐えられないんだ」

カリンはアンディーの言葉を一つ一つ静かに聞いていた。あまりに突然なプロポーズだったので言葉が出てこなかった。

「ごめん、驚かせてしまったようだね」

そう言うと、アンディーは、小さな箱の蓋を開けてカリンの手に置いた。

「これは、君の気持ちが決まったときにはめて欲しい」

そう言って、アンディーが病室から出ようとしたとき、

「待って、アンディー、まだケーキのロウソクに火を点けてないわ。それに、バースデイソング
も歌ってもらってないわ」

アンディーが苦笑いしながら戻ってきて、ケーキにロウソクを立てようとした時、

「その前に、これ、はめてくれない？」

カリンが、指輪の入った小さな箱をアンディーの目の前に差し出した。

アンディーは、驚いた顔でカリンを見つめた。

「私、アンディーと初めて会った時から、好きだったと思うの。私ね、小さな時から、同じ夢を
よくみたの。その夢で、私の手を引いて歩く人はあなただったのよ。私は、あなたと夢の中で、
すでに出会っていた。だから出会った時、私の心があなただと気付いていたのよ」


――アンディーは、カリンの指に優しく指輪をはめた。

病室のドアの前で、偶然立ち聞きしてしまった母親が泣いていた。更に、病室の鏡の中では、
ジェニーとマーサが抱き合って泣いていた。

「皆さん、本日の授業は、これで終わります。次回は、実際にあったクリーニングのお話をしてみたいと思います」

生徒たちが、出て行った後の教室で、ジェニーは一人鏡に向かっていた。鏡の国では、ジェニー自身も鏡に映ることができるのだ。そして、まるで自分自身に語りかけるように話し始めた。

「鏡の精みたいな素晴らしい仕事、他にないわ。辛い場面に出会うこともあるけれど、それ以上に感動的な場面に出会うことができるんだもの。

この素晴らしさを新しく鏡の精になる人たちに伝えたい。マーサが私に伝えてくれた様に……。

でも、私はまだまだ現役よ。これからも、心の鏡をどんどんクリーニングするわよ。

さあ、今度は、どんな素敵な鏡と出会えるのかしら……」

Fifth cleaning

魂の鏡

——透明で美しいピアノの音色、でも、こんなに綺麗な音なのに、聞いているとなぜか悲しくなってくるような……。どうしてだろう？　曲もとても素敵で、希望に満ちてくるようなリズムなのに、どうして？

ジェニーは、もう半日もこのピアノを聞いていた。偶然通りかかった鏡の向こうから、このピアノが聞こえてきたのだ。ジェニーは足を止めて鏡の前に立って聞いていたが、そのうち座り込み目をつぶりながら聞き入ってしまった。気が付くと、こんなにも時間が経っていた。

やっと我に返ったジェニーは、そっと鏡の向こうを覗いてみた。すると、そこでピアノを弾いていたのは男性だった。それも　ただの男性ではない。美しいとしか形容できない程の美青年だった。

——年はいくつくらいだろう？　若く見えるが、二十代半ばといったところだろうか？　この若さで、あんなピアノが弾けるなんて……

ジェニーはただ驚いていた。

――彼はきっとピアニストだろう。

趣味のピアノとは格段に違う。プロの音色だとジェニーは思った。ジェニーは、またしばらく彼に見とれながらピアノを聞いていたが、やはりどうしてもピアノの音色に混じる物悲しさが気になって仕方がなかった。

その時、ドアをノックする音が聞こえた。青年は、ノックの音が聞こえなかったのか、そのままピアノを弾き続けていると、若い男性が入ってきた。青年は、男性の姿を見ると、ピアノを弾くのをやめた。

「ユウ、調子はどうだ？　今回の公演のスケジュールはちょっとキツイけど、頑張ってくれ。みんなお前のピアノを聞きたがっていて、本公演のチケットなんて、あっと言う間にソウルドアウトだったよ。あまりにもソウルドアウトが早すぎて、クレームが殺到したから、追加公演を頼まれてしまって、事務所の方としても迷ったんだが、久しぶりの日本公演ということもあったから仕方無く……」

男性がそこまで話すと、青年は男性の肩を叩いて笑顔でガッツポーズをしてみせた。そこへまたスタッフらしき男性が入ってきて、青年と話をしている男性に声をかけた。

「社長　スポンサーの方がみえました」

「分かった。直ぐいくから、ぼくの部屋にお通ししてくれ。じゃあ、ユウ、六時に迎えにくるから、食事に行こう」

そう言うと部屋から出て行った。

へぇー、やっぱりピアニストなんだ。私の耳もなかなかよね。それも超人気ピアニストって感じかしら？　ジェニーが部屋を見渡すと、一枚のパンフレットが目に入った。

ユウ・グラント　ピアノコンサート

ジェニーは、彼のことが知りたくなった。

——本来、困っている人の鏡を磨くために心の鏡を覗きに行くんだけど、今回は、自分の興味が勝ってしまってるわ。

少し罪悪感を感じながらも迷わず彼の心の鏡を見に行った。


そこは、大きなコンサートホールだった。舞台にはグランドピアノが一台置かれ、その前に数人の子供が並んでいた。どこか外国で開かれているピアノコンクールで、まさに今、結果の発表が行われようとしていた。

「本年度のコンクール一位入賞者は、ユウ・グラント君に決定いたしました」

そう司会者から発表があると、少年が照れながら前に進み出た。

――まあ、かわいい。子供の頃のユウね。十二歳か十三歳くらいかしら？　やっぱりピアニストって、子供の頃から凄いのね。こんな大きなコンテストでグランプリを取るくらいでないとダメなのね。

それからジェニーは鏡の他の部分も色々と見て回った。しばらく経って、ジェニーは彼の心の鏡から戻ると、大きくため息をついて座り込んだ。そして目からは一筋の涙がこぼれていた。

ユウ・グラント二十五歳、母親が日本人　父親がオーストラリア人のハーフだった。

父親が貿易をしていたので、小さい頃から世界各国をまわっていた。父親も母親もクラッシックやジャズが大好きで、その影響もあってピアノを始めたが、そのうち周囲が驚くほどの才能を発揮し、数々のコンクールに入賞するようになった。十五歳の時、ニューヨークにある有名な音楽学校からスカウトされて親元を離れ、本格的にピアノのレッスンに励んだ。ユウはピアノが大好きだった。日曜には近くの教会に行き、ゴスペルのピアノを弾き、そして一緒に歌った。ピアノは勿論素晴らしかったが、彼の歌声もとても素晴らしく、聞く者に感動を与えていた。教会の神父様から、ゴスペル歌手になりなさいと言われる程だった。

たまたま教会に来ていた今の事務所の社長にプロにならないかと誘われ、ユウは迷ったが、プロのピアニストとしてやってみることにした。

デビューすると、直ぐにメディアから注目され、ファーストアルバムは、クラッシック部門で一位になるほどの売れ行きだった。ユウは、そのピアノとルックスで、あっと言う間に世界中にファンを作った。ユウの声も素敵なので、歌って欲しいというファンの要望もあったが、ピアニストとしてやっていきたかったので、ホールで行われるコンサートでは決して歌わなかった。しかし、稀に小さなライブハウスで行われるコンサートの時だけ歌うこともあった。――ユウが声を失うまでは……。

ジェニーは、まだ鏡の中からピアノの練習をしているユウを見つめていた。流れる涙を拭こうともせず、ただじっと座っていた。ジェニーは、ユウの鏡にある闇の部分を見てしまったのだ。ユウの心の闇とは……

「久しぶりにユウに会えて嬉しいわ。早くおばあちゃんの隣に座って」

ユウと両親は、日本に住むおばあちゃんに会うためにやってきた。天気も良いので、おじいちゃんのお墓参りに行くため、車で出かけるところだった。

「お母さんったら、本当にユウが可愛いのね。でも、ユウはもう立派な大人なのよ。子供扱いされたらユウが困るわよ」

「いいのよ、ユウはいつまでも私の宝物だもの」

「おばあちゃんだって、ぼくの宝物だよ。随分アンティークだけどね」

そう言って、ユウはおばあちゃんを抱きしめた。小さい頃から、おばあちゃん子だったユウは、本当におばあちゃんが大好きだった。おばあちゃんもユウに会うため、どこの国に引っ越しても必ず会いに来てくれた。

「ダディー　あとどれ位で着くかしら？」

「あと二十分位で着くと思うよ。それにしても後ろの席は恋人同士だな」

バックミラーに映る祖母とユウの姿を見て、父親が笑いながら言った。

――その時だった、前方の坂道から雪崩れのように材木がゴロゴロと目の前に迫ってきた。カーブでバランスを崩したトラックに積まれていた材木が転がってきたのだ。運転していた父親は、急ハンドルを切り、目の前の材木を避けようとした。――幸い直撃は間逃れたが、急ハンドルを切った時に滑り、車は脇の林に突っ込んで止まった。

「大丈夫か？」

父親が叫ぶと、助手席の母親は驚いて声も出せない様子でただ頷いた。なんとかシートベルトをはずし、振り向くとユウの体をかばうように祖母がユウに覆い被さり運転席とユウの間に挟まるような格好になっていた。すでに、祖母の意識は無くなっていたが、ユウは大きく目を見開き震えていた。


それから数ヶ月、ユウはピアノを弾くこともなく、人形のように座り、窓の外を眺めているだけだった。ユウは、祖母が自分をかばって死んでしまったと思うだけで、今、生きていることさえ辛く苦しく感じられるのだった。両親もユウの心と体が壊れてしまうのではないかと心配でならなかったが、どうすることもできなかった。

半年が経った頃、ユウのファンたちから早く復帰を願う声が出始めた。ユウのプロダクションの社長でもあるケント・アカサカは、ユウの親友でもあった。ケントはユウが自らピアノを弾くまで、いつまでもそっとしておこうと思っていたが、あまりにも多くのファンの声を無視するのも申し訳なく、久しぶりにユウに会いに行き、ファンの気持ちを伝えようと思った。

「ユウ、体調はどうだ？　前より顔色が良くなってるな。少し安心したよ」

ユウはケントの言葉に少し微笑んで答えた。

「これは、お前のファンからのメールや手紙だ。気が向いたら読んでくれ。お前の気持ちを考えると、今は無理に仕事へ戻れとは言えないが、でも、お前を待ってくれている人の気持ちも考えて欲しい。じゃあ、また来るよ」

それから数日が経った。部屋に春の朝日が優しく入り、部屋全体が春の空気で満ちていた。ユウは、ベットから起き上がると、何の躊躇いもなくピアノの前に座り、静かにピアノの蓋を開けた。そして、ゆっくり呼吸しながら、体の感じるまま、指の動くままにピアノを弾いた。何ヶ月も弾いていなかったとはとても思えないほど、滑らかな音色だった。

ジェニーはここ数日、毎日のようにユウのピアノを聴きに練習室に来ていた。そしてどうすればユウの心の鏡の暗闇を消してあげることができるのか、ずっと考えていた。魔法のクロスで何度も拭いてみたがだめだった。

――やっぱり私の力では、どうすることもできないんだわ。そう言えば、〝心が晴れる〟って表現があるけど、あれは心が動いて楽しい気分にならないとだめなのかしら？　何か私に手伝えることがあればいいのに……。いや、弱気になってはダメよ！　ジェニー、きっと何か方法はあるはずよ！　ここで私が諦めたら、鏡の精の名がすたるわ！

ジェニーは自分自身に気合を入れると、また鏡のトンネルに消えていった。

今日は、復帰後初めてのコンサートだ。二日間行われることになっている。たくさんの花束に囲まれて、ユウは練習室で最後の調整をしていた。勿論壁に掛かった鏡の中からは、ジェニーが見守っている。

「さあ、行こうか！」

ケントが呼びにきた。ユウが舞台に現れると大きな拍手が起こった。ユウは、丁寧におじぎしてからピアノの前に座った。もし、声がでればコンサートに来て頂いた方に感謝の気持ちを伝えたかった。ユウが今、舞台に立っていられるのは、ファンのお陰だったから……。あの日、ケントが持って来たメールや手紙を読んでいて、ユウは気付いたのだった。

――大切な人を失った悲しみをぼくは充分に知っている。ファンの皆は今、ぼくを、ぼくの音楽を失って悲しんでいる。ぼくのために誰も悲しませてはいけない。そんなことしたら、おばあちゃんは何のために、ぼくを守ってくれたのか分からない。おばあちゃんの愛情を無駄にしてはいけない。

事故のショックで、失語症になり、まだ声を出すことができなかったが、ユウは復帰の道を選んだのだった。

ユウの心が観客に伝わったのだろう。コンサートの後半には、ほとんどといってよいほどの観客の目に涙が浮かんでいた。中には、大粒の涙を拭うこともせずに、ピアノに聴きいっている人もいた。

二日間に渡るコンサートは、無事に終わった。

翌日、ユウは、スタッフとの打ち上げのため、都内のホテルにいた。社長のケントとユウは、少し早く到着してしまったので、ロビーのソファに座り、スタッフ達が来るのを待っていた。突然、ケントがテラス側のソファを見て話し出した。

「ユウ、昨日のコンサートで、白いバラの花束を貰わなかったか?」

ユウが首を振ると、ケントはまた話し出した。

「あそこのソファに座っている女性だけど、昨日のコンサートに来ていたんだ。中央の二十列目くらいに座っていたかなあ。彼女、少し遅れて走ってきたんだ。白いバラの花束を抱えて……。そのまま席に着くと、隣の席に花束を置いたんだ。

何となく気になって見ていたんだけど、結局そのまま誰も来なかったんだ。チケットは完売だから、きっと急に連れが来れなくなって一人で見に来たんだと思ったんだけど……

後で入り口でチケットを受け取っていたスタッフに聞いたら、彼女は二枚チケットを持っていて、スタッフが切り取るとお連れ様が入れないので、お預かりしましょうかと言ったらしいんだけど、彼女は、「構いません」と言って、二枚ともチケットを切り取って入ったそうなんだ。花束もてっきりユウへのプレゼントだと思ったんだけど、持って帰ってしまったみたいなんだ」

不思議そうに話すケントの話を聞きながら、ユウは女性の方に目をやった。

年は、自分より少し下だろうか、長い髪を後ろで束ねているので、綺麗な顔立ちが引き立っている。一見派手そうだが、とても上品な感じがする。こんな美人が、白いバラの花束を抱えて走っていたら、きっと誰もが振り向くだろうなあとユウは思った。

どれくらい、その女性に見とれていたのだろう、ユウはケントの「もう行こうか」と言う声に驚いて席を立った。


ジェニーは、またユウのピアノを聴きに練習室の鏡に来ていた。

――復帰コンサートから半年経ったけど、どうしてまだ声が戻らないのかしら？　きっと心の鏡の闇が消えてないせいだわ。――闇は拭いても消えないんだもの。ずっと明るく振舞っているけど、やっぱりまだ辛いのよね。それに明日はおばあちゃんの命日だから、嫌でも事故のことを思い出してしまうでしょうし……可哀相なユウ。私はただ見ているだけで、結局何もできないのよね。

ジェニーは、ユウのピアノを聴きながら、自分の力の無さを悔やんでいた。

翌日、ユウは家族でおばあちゃんの眠る墓地に来ていた。おばあちゃんの大好きだった花をたくさん抱えて……。

「さあ、そろそろ帰ろうか?」

「そうね、神父様にご挨拶もしないといけないし」

するとユウは、「ぼくは、まだここにいる」というように手振りで両親に伝えた。母親は、

「そうね、ユウは、ゆっくりしていきなさい。おばあちゃんも喜ぶわ。私達は、教会で待ってるわ」

一人残ったユウは、まるでおばあちゃんの肩でも撫でるように、墓石を優しく優しく何度も撫でていた。

しばらくした頃、少し離れた通路を白いバラの花束を抱えた女性が通り過ぎていくのが見えた。ユウはすぐに半年前のコンサートに来てくれた女性だと気付いた。こんな所で偶然会うなんて、何だか不思議な気がして、ユウは、後を付いて行ってみた。女性はある墓の前で立ち止まった。よく見ると墓石に楽譜らしき模様が彫ってあった。女性は白いバラの花束を前に置くと、カバンから小さなミュージックプレイヤーを取り出してスイッチを入れた。流れてきたのはピアノの音だった。しかもそれはユウの弾いているピアノの曲だった。ユウは、こんな所で自分の曲が流れ

て来るとは思ってもいなかったので、驚きのあまり女性の方へ近づいて行った。驚いたのは女性の方だった。自分がかけている曲を演奏している本人が突然目の前に現れたのだから。

「あなたは、ユウ・グラント？　どうして？　なぜここにいるの？」

ユウは必死でおばあちゃんのお墓の方を指差した。すると女性は、何か気付いたような顔になって言った。

「ごめんなさい。声がまだ出なかったんですよね。もしかして、おばあ様のお墓がこちらにあるんですか？」

ユウは頷いた。

「本当にごめんなさい。ちょうどあなたの曲を聴いていたから、驚いてしまって……。失礼しました」

『ぼくの方こそ』と言いたかったが、今、手元に紙もペンもないので、伝える手段がなかった。女性はそれを察したかのように、自分から話し始めた。

「私、美馬奈月《みまなつき》と言います。こちらは姉の香月《かつき》です」と墓石を指した。

「私達、あなたのピアノの大ファンで、コンサートには必ず二人で行くんですよ。この間の日本公演も素晴らしかったです。とても半年もブランクがあったとは思えないほど素敵でした。姉も感動して泣いていたと思います」

奈月《なつき》のこの言葉を聞いて、ユウは二枚のチケットの謎が解けた。奈月は亡くなった姉の分までチケットを取っていたのだ。でも、花束は……？　ユウが、ミュージックプレーヤーと花束を見

ていることに気付いた奈月は、

「これは、姉に聴かせてあげながら、花にも聴かせているんです。知ってますか？　花は音楽が分かるんですよ。良い音楽を聴かせると美しく咲くんです。そして音楽を吸収して、音楽を奏でながら咲くんです。音は聞こえないけど、心には必ず響くんです」

ユウは、奈月の話を聞きながら、段々彼女の魅力に惹き込まれていくのを感じた。そして、『書くものを持っていますか』という手振りをしてみせた。奈月はカバンからペンとメモを取り出すとユウに渡した。

『今度のぼくのコンサートにあなたとお姉さんを招待します』と書いて、一緒に自分のメールアドレスと携帯の番号を書いて渡した。

奈月もメモに自分の住所と名前、メールアドレスを書いて、ユウに渡した。そして、

「おばあ様に……」と言って、花束から数本のバラを抜き取るとユウに渡した。


奈月と墓地で出会って以来、ユウと奈月は、度々メールの交換をするようになっていた。他愛もない話や、音楽の話を楽しんでいた。奈月の話には、よく姉の香月のことが出てきた。ユウには気がかりなことがあった。ユウは感じるのだった。奈月が姉、香月の死を背負って生きていこうとしていると……。自分がおばあちゃんの死を背負って生きているのと同じように……。

いつしかユウは、奈月を彼女が背負っているものから開放してあげて、自分自身の人生を歩かせてあげたいと思うようになっていた。

ユウは、今度行われる日本公演のチケットを奈月に送るために封筒に宛名を書いていた。

ジェニーは鏡越しにユウを見ていた。

——最近何だか明るくなったわ。こんなユウを見るのは初めてだわ。事故以来、ユウは心から笑うということがなくなっていた。しかし、ここのところは、メールしながら笑ったり、今日なんか、手紙を書きながら笑ってるわ。一体相手は誰なんだろう？　あのチケットの入った手紙は、誰の元へ届くのかしら？

好奇心旺盛のジェニーは、鏡の中から必死で手紙の住所を見ると、その住所の鏡まで飛んでいった。


——うーん、たぶんこの家だと思うんだけどなあ？

ジェニーは、封筒の住所をやっと探し当てた。ジェニーは部屋の鏡を片っ端から渡り歩いた。

——凄い！　この家は鏡がたくさんあるわ！　部屋数も多いし、とても立派な家ね。でも、これじゃあどの部屋に人がいるのか分からないわ。「誰かいませんかあ？」

グランドピアノが置いてある部屋に来ると、ピアノの上に家族写真が置かれていた。ジェニーは写真の人物を見ながら、ユウは、この中の誰にチケットを送ったのだろう？　と考えていた。

実はジェニー。慌てて飛び出してきたので、宛名の名前を見るのを忘れてしまったのだ。

——あーあ、私って本当にドジだわ。いつも肝心なところが抜けているのよねえ。

ジェニーは諦めて一旦帰ろうとしたその時、部屋に女性が入ってきた。まあ、きれいな子だわ。そう思いながら、しばらく様子を見ていると、女性はピアノの上の写真を手に取ると胸に抱きしめた。ジェニーは、その様子がひどく悲しく感じられ、ここに来た目的など、すっかり忘れて、思わず彼女の心の鏡に飛び込んでいった。


「香月《かつき》ちゃーん、早く一緒に遊ぼうよ」

「ちょっと待ってね、奈月《なつき》ちゃん。ここまで弾いたら終わりだからね」

ジェニーが覗いたのは、女性の子供の頃のようだった。小学生の女の子と幼稚園くらいの女の子。


――たぶん、この鏡の映り方からすると、小さいほうの女の子、奈月ちゃんが、この鏡の持ち主の女性ね。香月ちゃんって呼ばれているのは、お姉さんかしら？　可愛い姉妹ね。

ジェニーは、また違う場所を覗いてみた。うーん、今度は病室かしら？　ベットで寝ているのはお姉ちゃんのようね。

ジェニーは、色々なところを覗いたが、出てくるのは、病院とピアノの練習をする姉の姿ばかりだった。それでも、さっき見た悲しい感じが気になり、また別の場所を見に行った。

「奈月ちゃん見てみて！　ユウが雑誌に載ってるわ。この真面目な顔がカッコイイと思わない？　あー、一度でいいから私だけのために、ピアノを弾いて欲しいわ」

「そんなこと無理に決まってるわよ。まあ、恋人にでもなれば別だけど……」

「えー、やっぱり恋人いるのかなあ？　いるわよね？　こんなに素敵なんだもん。やっぱり、そうよねえ」

「香月ちゃんたらまた始まった。本当にユウ・グラントのことが好きなのね。なのに、コンサートへ行っても、お花もプレゼントも渡すことができないのよね？　ファンレターも書いたことないんじゃない？」

「奈月ちゃんには分からないのよ。本当に好きだと、その人の存在があるだけで胸が一杯になって、言葉とかでは表せないのよ」

「ふーん、私は、香月ちゃんみたいなことは有り得ないわ。好きならその人に好きって伝えたいもの。そうだ、来週のコンサート、何を着ていく？　一緒にお買い物に行こうね。ねぇ見て、この雑誌に載ってる洋服、香月ちゃんに似合いそう。ねぇ、香月ちゃん？」

返事がないので、振り返ると香月がソファの下にうずくまり胸を押さえて苦しんでいた。家には誰もいなかったので、奈月は一人で救急車を呼び、香月を病院に運んだ。


姉の香月は、もう二度も心臓の手術を受けていたが、いずれも応急措置的なものにすぎず、本来は心臓移植が望ましいが、日本ではドナーもなかなか見つからないので、その手術はいつ受けられるか分からなかった。今回も何とか危機は乗り越えたが、依然危険な状態に変わりはなかった。

そして、コンサートの日がやって来た。

「ママ、お願い！　コンサートに行かせて！　もう大丈夫、何ともないから！」

「何を言ってるの？　まだコンサートに行けるような体じゃありません。途中でまた苦しくなったらどうするの？　絶対にだめよ。奈月も行かないって言ってるんだから、あきらめなさい」

「そうよ、香月ちゃん。ママの言う通りにして」

香月は、コンサートに行けないショックで、そのままベットにもぐり込んでしまった。夕方になり、母親が買い物に出かけると、

「香月ちゃん、早く起きて！　早く仕度しないとコンサートに間に合わないわ」

「えっ！　奈月ちゃん、だって……」

「ジャーン、心配しないで、ほら、この通り洋服も靴も買っておいたから。さあ、早く！　私も急いで着替えないと」

香月は、奈月を思いっきり抱きしめて感謝した。

二人は着替え終わると、他の見舞い客に紛れるようにして、外に出てタクシーに飛び乗った。

——本当に仲の良い姉妹だわ。お姉さんの方は病気みたいだけど、二人とも幸せそうだわ。一体曇りの原因は何かしら？　お姉さんの病気が心配でこんなに曇るはずがないし……。

ジェニーは、一番曇っている所を見にいくことにした。

そこは、薄暗い病室のようだった。

「香月ちゃん、お姉ちゃん、嫌だ、逝かないで！　香月ちゃん、起きてよ！」

「もうやめなさい。奈月、そんなことばっかり言ってたら、香月がゆっくり眠れないだろう」

父親と思われる人が、奈月の肩を抱きながら優しく話している。母親も奈月の横で、香月の手を撫でながら泣いている。

――香月ちゃん、ごめんね。何もしてあげられなくて……。私の方が丈夫に生まれてきちゃって、ごめんね。心臓が悪いのに、いつも心配かけるようなことばかりしてごめんね。病気、代わってあげられなくてごめんね。助けてあげられなくてごめんね。私だけ生きていてごめんね。ごめんね、ごめんね……。

この時、奈月の心の鏡は、ゆっくりと雨雲がかかるように曇っていった。


奈月の鏡から戻ったジェニーは、胸が詰まるような思いを味わっていた。あまりにも奈月が自分を責めていて、生きることが罪だと思い込んでいるのを知ってたまらなくなった。生きているのが辛いという鏡を見たのは二人目だ。もちろん、一人目はユウである。

ジェニーは、ユウがチケットを送った相手はきっと奈月だと思った。そして、墓地で出会った二人の姿を見つけ、どうしてユウが奈月にチケットを送ったのかを知った。

――あーあ、また心配な鏡が一つ増えちゃったわ。私ったらどうしてこんなに辛い心の鏡ばかりに出会っちゃうのかしら？　しかも二つも……。あー、でもどっちも放っておけないわ。えーい、こうなったらユウの鏡も奈月の鏡も私が何とかしてみせるわ！　……と言っても、どうやって？　ジェニー、慌てないで、ゆっくりと考えれば、きっと良い方法が見つかるわよ！

ジェニーは、自分を励ましながら、鏡のトンネルに消えて行った。

ユウのピアノコンサートの当日、会場は相変わらずの超満員だった。

「ユウ、準備はいいか？　そろそろステージの方へ行こうか」

ケントが楽屋にユウを呼びに来た。すると、ユウは、

『お願い、そこに置いてある花篭を舞台袖に置いといて、そして、演奏が終わったら、またここに持ってきて』

とメモを書いた。

「なぜ？」

ケントが訊ねると、ユウは『いいから頼むよ』と書いた。ケントは分かったと返事をしながら花篭を持って、ユウと一緒に舞台へ向かった。ケントは、この花篭は、何かのおまじないか、それとも縁起でも担いでいるのか？　と思いながら、舞台袖に花篭を置いた。

ユウのピアノは、とても素晴らしく、観客はユウのピアノの音色に魅了され、最後の演奏が終わると総立ちで拍手を送った。スタンディングオベーションは、本当に長い間続いた。ユウは観

客に、何度も頭を下げ、手を振り答えた。――その視線の先は誰かを捜していた。

――よかった、今日も無事に終わって。神様、おばあちゃん、感謝します。――彼女は来てくれているかなぁ？　確か、真中の十五列目を送ったんだけど……

段々とライトに目が慣れてきたユウは、もう一度真中に立ち目を凝らした。すると、彼女が立ち上がって笑顔で拍手をしている姿をみつけた。それを見てユウは無償に嬉しくなり、また大きく手を振った。

舞台袖の鏡でユウの演奏を聞いていたジェニーも大きな拍手を送っていた。そして、ユウの心の鏡を見に行くと、変化が現れていた。闇のように暗かった鏡に少し明るさが戻っている。

――良かったわ、少しずつだけど、鏡の闇が晴れていってるんだわ。それって、やっぱり奈月の存在のせいかしら？

コンサートの翌日、ユウは、おばあちゃんの眠る墓地に来ていた。もちろん大きな花篭を持って……。

――おばあちゃん。昨日の演奏たっぷりこの花たちに染み込んでいるから、ゆっくり聴いてね。

ユウは、おばあちゃんに語りかけるのを終えると、香月の墓の方へ行ってみた。――思った通り、そこには白い花束を持った奈月が立っていた。ユウは、奈月の方へ近づくと肩をトントンと叩いた。

「！　ミスターユウ、おばあ様のお墓参りですか？　あっ、チケットありがとうございました。姉と一緒に行きました。昨日は、いつにも増して感動的でした。本当に素晴らしかったです。それと、お礼のメールも送らずに、すみませんでした」

ユウが手で『いいよ』というしぐさをした。すると、

「じゃぁ、私はこれで……　さようなら」

奈月は、そう言うと振り返りもせずに行ってしまった。ユウは、突然の奈月のよそよそしい態度に驚き、その場に立ち尽くした。

家に帰ったユウは、練習をする訳でもないのに練習室に閉じこもった。

――どうしたんだろう？　なぜか彼女のことを考えると落ち着かなくなる。そして、会いたくなる。でも、彼女はぼくのピアノのファンというだけで、ぼくを好きな訳ではないし……。それに今のぼくは自分の気持ちを彼女に伝えることができない……。

ジェニーは練習室の鏡からユウのこの様子を見ていた。

――ユウったら、やっぱり奈月のことが好きなんだわ。さっき、ユウの心の鏡を覗いたら、奈月への想いでいっぱいだったもの。気持ちを伝えるのに言葉は重要ではないけれど、まだ出会ったばかりの二人が想いを伝え合うには、やっぱり言葉は必要よね。どうすればユウは話せるようになるんだろう？　きっと、心の闇が消えれば話せるんじゃないかしら？　でも、魔法のクロスで拭いても全然消えなかったし、他にどんな方法があるんだろう？　〝愛の光〟に照らされるの

が一番良いとは思うんだけど、ユウが想いを寄せている奈月の鏡もまだ曇っているから……あーっ、私もまだまだ鏡の精として経験不足ね。とりあえず、奈月の心の鏡をもう一度見に行ってみよう。

ジェニーは鏡のトンネルに入って行った。ジェニーが奈月を見付けたのは、奈月の部屋だった。ベットの上にボーと座っていた。

——あれっ、何だか奈月も様子が変だわ。ちょっと心の鏡を覗いてみよう。

どうしたんだろう？　ユウのことを考えると胸が痛くなる。好きなの？　いいえ、元々ユウのことは大好きよ。だからコンサートも行くし、彼のＣＤも聴くし、雑誌も見るわ。でも今までとは違う。実際に会ってしまい、そのうえコンサートにまで招待してもらい、時々メールのやりとりもしている。きっと私、混乱しているんだわ。もし、香月ちゃんがユウと会うことができていたら、どんなに喜んだかしら？　香月ちゃんなら、ユウと恋に落ちていたかもしれないわ。

そこで奈月は、はっとした。

——恋……　もしかしたら私、ユウに恋してるの？　だとしたら私……私はユウに恋したらいけないんじゃないかしら？　だって、香月ちゃんが大好きだった人を横取りするみたい。でも、そんな心配なんて必要ないわ。ユウが私のことを好きになるはずないものね。香月ちゃん、私って相変わらずそそっかしいわね。

――まぁ大変だわ！　奈月もユウのことが好きらしいけど、この様子じゃユウが奈月に告白してもダメになるに決まってるわ。奈月は、姉の香月に遠慮して、きっとユウを受け入れようとしないわ。……益々この二人の鏡は……　もう考えただけで恐ろしい。あー、どうするのよ私？　そう、こういう時こそ冷静に考えるのよ。いいジェニー、焦っちゃだめよ。

コンサートから二週間、ユウは、ほぼ毎日のように墓地に来ていた。もちろん、おばあちゃんのためもあるのだが、別の目的もあった。ここに来れば奈月と会えるような気がしていたから……。

「若者が恋をして、毎日毎日墓地に通うなんて聞いたことがないわ」そうブツブツ言いながらもジェニーはユウが心配で、心の鏡から離れることができなかった。

雨が降っていたが、ユウは墓地に出かけて行った。今日は、いつもより早く着いてしまったと思いながら、車を駐車場に停めに行こうとした時、傘をさした奈月を見つけた。もうお参りを済ませたのだろう、バス停の方に向かって歩いていた。ユウは急いで車をUターンさせ、奈月のところへ行き、横に車を停めると窓を開けて手招きして『乗って』というしぐさをしたが、奈月は首を振るとまた早足で歩きだした。

ユウは、車から降りて、奈月を追いかけ手を掴んだ。奈月が、「離してください」と言いなが

らユウの手を振り払おうとした時、

「お願い」

ユウの口から言葉が出たのだった。奈月は驚いて何も言えず、ユウに手を引っ張られるままに付いていき車に乗った。

「あの、声が……声が出るようになったんですか？」

ユウは自分でも混乱しているのだろう。分からないという風に首を振った。そして、ゆっくり深呼吸して奈月の方を見て口を動かした。

「奈月さん」

ユウの口から声が、言葉が出ている。ユウも驚きが隠せない様子だったが、続けて話し始めた。

「君をずっと待っていたんだ、君のことが気になって、君のことがもっと知りたくて、君にぼくの気持ちを伝えたくて……。今、急に声が出るようになって、何て話せばいいのか……」

奈月はただ、ただ驚くばかりだった。急にユウの声が戻って、それだけでも驚きなのに、その上、自分に告白しようとしている。この二週間、奈月はユウのことをファンの一人としてこれからも見守って行こうと自分に言い聞かせていたのだった。

「ミスターユウ、私も姉もあなたの大ファンです。姉の方が先にあなたを好きになりました。あなたのことは大好きです。でも、姉が生きていて、こんな風にあなたと出会っていたら、きっと恋に落ちていたでしょう。そんな姉のことを考えると、私があなたと特別な関係になることはできません。今まで通り、姉と一緒にあなたのピアノを聴き続けたいと思います」

奈月は、話し終えると車を降りて、また雨の中を歩いて行ってしまった。
ユウは、色々な事が一度に起こった感じがして、奈月を追いかける気力がなかった。
それからどれくらい時が経ったのだろう？　雨はすっかり上がり、陽が射していた。

車のミラーの中から一部始終をみていたジェニーは、すぐに奈月の鏡を見に行った。心臓がバクバクしているせいで、鏡が揺れていた。揺れに耐えながらも、ジェニーは魔法のクロスを取り出して、奈月の鏡を一生懸命拭き始めた。余計なことは考えず。今自分にできることは精一杯鏡を拭くことだけだったから……。

ユウの声が戻ったことで周りは喜び、大騒ぎになった。両親は涙を流して神様に感謝した。そして、数日は検査のために入院し、長い間使っていなかった声帯に負担がかからない様に、治療された。その間も、ユウは奈月のことが気がかりで仕方なかったが、どうしてよいのか分からず、ただ考える毎日だった。

そして二ヶ月後、ユウの全快を祝い、パーティーが行われることになった。ユウは迷っていた。パーティーの招待状を奈月に送るべきかどうか。自分の気持ちが奈月の負担になるのは嫌だと思ったが、ごまかしたり嘘をついたりすることの方が、もっと奈月を苦しめることになるのではないかと思い、結局ユウは招待状を送ることにした。

パーティーの当日、会場に奈月の姿はなかった。気落ちしながら控え室に戻ると、テーブルの上に大きな白いバラの花束が置かれていた。ユウは、花束にカードがないか探したが、付いていなかった。フロントに電話をかけて確かめると、若い女性がこの花束を持ってきて、フロントに預けていったそうだ。名前は、名乗らなかったようだ。――ユウは分かっていた。この花束は、きっと奈月が持ってきたものだと。

ユウは花束を手に取ると、控え室のピアノの上に置き、夢中で弾き始めた。そして、数曲弾き終えると、そのまま花束を持って出ていった。

奈月は、ユウのパーティー会場のホテルから出ると、真っ直ぐ墓地に来ていた。そして、香月の墓の前で話し始めた。

「お姉ちゃん、ユウの声が戻って本当によかったね。またいつかユウの素敵な歌声が聴けるかもしれないね」

「ぼくの歌　聴いたことあるの？」

背後から突然ユウの声がしたので奈月は驚いた。

「この花、奈月さんでしょ？　ありがとう。さっきこの花に何曲かピアノを弾いて聴かせといたから、――せっかくぼくに貰ったんだけど、お姉さんにと思って……」

それからユウは花束を墓石の前に置くと、膝まづいて静かな優しい口調で話しはじめた。

「香月さん、いつもぼくのピアノを聴いてくださって、ありがとうございます。それに、奈月さんと出会わせてくれたことに感謝します。だって、ぼくたちを会わせたのは、本当は、香月さんでしょ？　香月さんが、同じ墓地で眠っている、ぼくのおばあちゃんと相談して、二人を会わせることにしたんでしょ？　ぼくには分かっていますよ。おばあちゃんは、いつもぼくの幸せを願っていたし、それに、香月さんも妹の奈月さんのことをいつも心配していたんでしょ？　だからぼくに奈月さんのことを任せてくれようとしたんですよね。安心してください。奈月さんのことはもう心配いりませんよ。これからは、あなたの大切な妹の奈月さんは、ぼくが愛して守っていきますから。

　ぼくが、そうすることを香月さんも望んでいますよね？　ぼくが、奈月さんを愛しても良いんですよね？」

　側に立っていた奈月は、涙が止まらなくなった。そして、魔法にでもかかったみたいに勝手に口が動きだした。

「香月ちゃん、私もユウのことを愛してるの。香月ちゃんには負けるかもしれないけど、私、香月ちゃんの分までユウのことを幸せに、大切にするから。私、ユウのところへ行ってもいい？」

　ジェニーは、奈月の心の鏡でこの二人の様子を見守っていた。このまま上手くいくことを願ったその時だった、奈月のその言葉を待っていたかのように、鏡のようにピカピカに磨かれた御影石の墓石がキラキラと輝きだしたかと思うと、その光に照らされるかのように、奈月の心の鏡もキラキラと輝きだした。その輝きは眩しくて、ジェニーも目を開けていられない程だった。

——これは一体何？　どういうこと？　亡くなった人の魂にも鏡があるの？　この輝きは、確かに心の鏡に間違いないわ。私がこの輝きを分からないはずがないもの。——やっぱりこれは、香月の魂の鏡なんだわ。凄い力だわ。奈月の心の曇りがみるみる消えていく……。

ジェニーは、間近でこの様子をみながら感動していた。

「ユウ、なんだか香月ちゃんが祝福してくれているように感じるの。何故だかわからないけど、昔、香月ちゃんと話していた時に感じた、温かくて、安心した気持ちになってるの」

「それは、香月さんがいつも君の側にいるってことだよ。そして、君が幸せだと香月さんも幸せなんだよ」

ジェニーは、まだ興奮が醒めなかった。魂の鏡の存在を自分の目で見てしまったのだから……。今まで鏡の精をやってきて、こんな不思議な体験をしたのは初めてだった。

——もう奈月の鏡も大丈夫ね。私たち鏡の精が拭かなくても、香月の魂の鏡に照らされて一生曇ることはないわ。ユウの鏡の闇も奈月の愛に照らされて、いつの日かきっと消えるだろう。それにしても何て素晴らしいんでしょう！　これが家族の絆っていうものなのね。

こんな素晴らしいシーンに出会えるから、鏡の精はやめられないのよね。

さあ、今度は、どんな素敵な鏡と出会えるのかしら……。

Sixth cleaning

霧に包まれた鏡

「教えて神様。私の心は何処にあるのですか？　私は心を何処に置いてきてしまったのですか？　どうすれば私は自分の心を見つけることができるのですか？　教えてください。どうすれば良いのか……」

真夜中に鏡台の前に座って、鏡に映る自分の姿を見ながら——というよりも鏡の奥のずっと向こうを見ながら彼女は、ずっと語りかけていた。その鏡の向こうにはジェニーがいた。彼女が語りかけている鏡の前を通った時、ジェニーは、最初は芝居の台詞でも練習しているのかと思ったが、少し聞いているうちに、彼女の声が真剣に何かを訴えていると感じた。

ジェニーは、自分は神様ではないし、通り過ぎようかとも思ったが、なんとなく放っておけなくて、またお節介とは思いながらも彼女の心の鏡を見に行くことにした。

ジェニーが最初に覗いた場所は、公園のような場所だった。木のベンチに彼女が座っている。するとそこへ、

「レイ、待たせてごめん。外来が混んじゃって……」

缶コーヒーを持った白衣の男性がやってきた。

「いいえ、そんなに待ってないから大丈夫です。竜馬《りょうま》先生は相変わらず忙しそうですね」

「そうだな、忙しいのが良いことなのかは分からないけど……君の方はどう？　体調は悪くない？」

「もうすっかり大丈夫です。それで、カウンセラーの先生とも話したんですが、来週から働いてみることにしたんです」

「エッ、どこで？　そんな話、主治医であるぼくに相談してから決めてもらわないと困るなあ」

「ごめんなさい。でも、もう体調も悪くないし、それに何かした方が思い出すこともあるんじゃないかと思って、私からお願いしたんです。それに、働くといっても、この大学の図書館だから、何かあっても病院の隣だから安心でしょ？」

「まあ、レイがいいならそれでいいけど……」

「そこで、先生にお願いがあるんですけど、聞いてもらえますか？　実は、働くのに名前が必要でしょ？　持ち物の中にRのイニシャルがあったから、皆からレイって呼ばれるようになったけど、苗字がないと変じゃないですか？　だから、できれば先生の苗字を使わせていただきたいんです。まったく知らない人の苗字を適当に使うのが何だか嫌なので……。それに、同じ苗字だからって、先生の奥さんだなんて誰も思わないだろうし……。ダメですか？」

すると、竜馬は急に照れたような顔になり、小さな声でもぞもぞと
「レイがそうしたいなら、ぼくは別にかまわないけど……」
と言った。

ジェニーはここまでの二人の会話を聞いたが、何が何だかよくわからず、また別の所を覗いてみた。そして、あちこち覗いてパズルを組み合わせるように話を合わせていって、やっと、大方のことがわかってきた――彼女は記憶喪失なのだ。話には聞いたことがあったけれど、本当に記憶のない人に出会うのは初めてだった。

そして、彼女の心の鏡には霧がかかっていた。ジェニーは一生懸命に目を凝らして中を覗いてみたが、視界がスッキリしなくて何も見えない。

――不思議だわあ。記憶を失うと心の鏡ってこんな風になるのね。霧は魔法のクロスでは拭くことはできないし、どうしたらいいのかしら？　霧は風が吹けば晴れるんだったかしら？　でも、心に風なんて起こせないし……うーん、でもこのままでは可哀相すぎるわ。自分が誰か分からないなんて……それに、心配して探している家族もいるだろうし……。何とかしてあげたいわ。それにしても、彼女が鏡の向こうにいる神様に向かってお願いしてたことは、ただ記憶を取り戻したいだけじゃないように思えたけど。もう一度、心の鏡を覗きに行ってみよう。何か見付かるかも知れないし……ってまた私ってお節介かしら？

と、思いながらもジェニーは霧に包まれた心の鏡を見に行った。

気持ちのよい秋晴れの日だった。医師である伊藤竜馬は、当直が終わり気分転換に病院の中庭で朝の散歩をしていた。すると、噴水の前に置いてあるベンチに一人の女性が横たわっていた。薄いピンクのセーターに白いパンツ、肩には白いカシミヤのストールが掛けられている。足元には、スーツケースが置かれていたが、こんな所で野宿をするタイプには見えなかったので、気分でも悪くなって倒れているのかと思い慌てて駆け寄ると、本当に気を失っているようだった。脈をみると少し弱くなっていたので、直ぐに携帯電話で応援を呼んで病院まで運んだ。

診察の結果、特に異常は認められなかったが、それから夜まで彼女は眠り続けた。鍵がかかっていなかったので、身元を調べるために、スーツケースを開けてみたが、身元が確認できるようなものは何もなかった。ただ、高級ブランドの財布やポーチにRのイニシャルが刻まれていた。洋服やアクセサリーや化粧品などもすべてが一流品だった。その上、財布やポーチには、多額の現金が入っていて、その半分程は米ドルだった。所持品をみても着ているものをみても、どこかの令嬢を想像させた。

その日の夜遅く、気になった竜馬が彼女の病室に来てみると、彼女は意識が戻りベットの上に座っていた。そして、竜馬を見て驚いた様子だった。

「目がさめましたか？　気分はどうですか？　どこか具合の悪いところはありますか？」

竜馬が優しく話しかけると、

「あの、ここはどこですか?」

「マリアナ大学病院ですよ」

「どこの?」

「赤坂ですよ」

「赤坂って、どこのですか?」

竜馬はふざけているのかと思ったが、彼女が真剣に聞いているようだったので、きっと倒れたショックで混乱しているのだと思い、ゆっくりと話し始めた。

「いいですか、ここは東京の赤坂にあるマリアナ大学病院です。あなたは、ここの病院の中庭で倒れていたんです。体の方はどこも問題ありませんでしたが……。急に気分が悪くなったとか、貧血を起こしたとか、今までに倒れたことはありますか?」

彼女は大きく首を振った。

「あなたのお名前は? ご家族に連絡しないと、きっと今頃心配されてますよ」

すると彼女の顔が急に青ざめ、困惑した表情になり、

「あの、私、何も思い出せないんです。どうしてでしょう? 何があったんでしょう? 私……私は……」

パニックを起こしているようなので、竜馬は、

「大丈夫です。倒れたショックで一時的に記憶が混乱しているのでしょう。落ち着けば直ぐに何もかも思い出せます」

そう言って、彼女を宥めると鎮静剤を打って彼女を落ち着かせた。

──一体どういうことだ？　記憶喪失？　まさか……そうだ、ショックのあまり記憶が混乱するのは珍しくない。とりあえず明日の朝もう一度ゆっくり聞いてみよう。

そう自分に言い聞かせた。


次の日、竜馬《りょうま》は再び病室を訪れた。

「おはよう。少しは落ち着きましたか？」

「先生、私どうしてしまったんでしょう？　さっき看護師さんから荷物を見せてもらったんです……。持ち物はすべて見覚えがあるんですが、自分がどこで何をしていたのか、何も思い出せないんです」

「名前もですか？　確か持ち物にRのイニシャルが入っていたのでは……昨日の事は覚えてますか？」

「いいえ、何も……」

そう言いながら、彼女の目から涙がこぼれたので、竜馬は慌てて、

「大丈夫ですよ。きっと一時的なことですから、とりあえず警察に届けて見ましょう。ご家族も探されているかも知れませんから」

彼女の前では一時的に記憶が消えたみたいなことを言ってしまったが、本当にそうなのか自信がなかった竜馬は、同じ大学病院に勤めている同期の精神科医のところへ相談に行くことにした。

それから数日間、色々な検査が行われたが、脳に異常は無く、結論としては、精神的に強いショックやストレスを受けて、記憶障害を起こしてしまった。つまり、記憶喪失と診断された。警察からも何の連絡もなかった。病院側としても彼女を放り出すことはできないので、院長がしばらくの間彼女を預かると警察に申し出たため、彼女は病院に残ることになった。これを聞いて竜馬も何故かホッとするのだった。

それから、あっと言う間に一ヶ月が過ぎた。相変わらず彼女の記憶は戻っていなかったが、いくつか分かったこともあった。彼女は語学が堪能らしく、日本語は勿論だが英語、フランス語、北京語、韓国語とこれらの言葉を流暢に使いこなした。こうなると、彼女の国籍や住所を特定することも難しくなった。

体調も安定し、入院する必要がなくなったので、またも院長の配慮で病院の職員寮に移ることになり、彼女は病院の図書館に行ったり、カウンセリングを受けたりして日々を過ごしていたが、彼女のことが気になって仕方ない竜馬は、自分の休みの度に彼女を外へ連れ出し、色々な所へ出掛けていった。初めは何かのきっかけで記憶が戻るかも知れないと思いながら出掛けていたのだが、いつの間にか二人にとってデートのようなとても大切な時間になっていった。

ジェニーは彼女と出会ってから、彼女の心の霧を晴らすために色々努力はしてみたが、一向に消えようとしなかった。そして彼女が、どこかに置いてきた自分の心を見つけたいと、神様に願っていた気持ちが悲しいほど理解できるのだった。

——早く霧を晴らしてあげないと、悲しみで心の鏡が壊れてしまうかも知れないわ。悲しみに覆われた心の鏡がどうなるか、たくさん見てきたわ。私がここで諦めたら絶対にいけないわ。どんな小さなことでもいいから見付けなきゃ。

ジェニーは自分に言い聞かせながら鏡のトンネルに消えて行った。


彼女は、持ち物にRのイニシャルが入っていたので、いつの間にか皆からレイと呼ばれるようになっていた。最初は周りの人達も記憶喪失の人間の扱いに戸惑っているようだったが、彼女の持ち前の社交性で段々周りの人達と馴染んでいった。今では皆から、レイちゃんと気軽に声を掛けてもらえるようになっていた。


診察の合間に、竜馬が映画のチラシを持ってレイの所へやって来た。

「ねえ、レイ、今度この映画を見に行こうよ。このシリーズ好きなんだ。レイは観たことある?」

そう言ってから竜馬はシマッタという表情をした。記憶を失った人に過去の経験を聞くなんて医師として軽率である。その表情を見ながらレイは笑って答えた。

「うーん、観たような気もするし、観てないような気もします。だって、その主役の俳優の名前も顔も知っていますから……。どうしてか分からないけれど、テレビで観る有名人の顔や名前は覚えているのに、家族や友人の顔も名前も覚えてないんです。不思議ですね。ここに来て、もう随分経つのに何の手がかりも無いってことは、誰も私を探してないってことでしょ？　……先生もそう思うでしょ？」

竜馬はレイの問いにどう答えるのが一番よいのか分からなかったが、

「レイ、焦らなくてもいいよ。レイはきっと思い出すことができるよ。それに、こんなに素敵な女性なんだから、君の側に今まで誰もいなかったなんて考えられないよ。ゆっくり待ってみよう」

「先生、ありがとう。先生がいなかったら私今頃どうなっていたか……」

そう言葉を切りながら、レイは後に続く言葉を飲み込んだ。

――私は、先生のことが好き、好きというより愛し始めている――でも、私が誰なのかちゃんと分かるまでは、そんなこと絶対に言えない。もしかしたら、私は人を愛してはいけない人間かもしれない。例えば犯罪者とか、不倫していたとか、悪い方に考えればきりがない。例えそうでないとしても私には恋人、もしかしたら夫がいるかもしれない。いずれにしても過去がはっきりしない限り、誰かを愛する資格などない。

そう冷静に思いながらも、一方では、このまま何も思い出せなくても愛する人の側にいられたら、それでいいと思えるのだった。だが、肝心の竜馬の気持ちが分からない。記憶を失ったレイに同情して優しくしてくれているだけかもしれないし、医師としての義務感からくる優しさかもしれない。

時間が経つにつれて、レイは辛くなっていった。

ジェニーはレイの心の鏡を覗く度にレイが可哀相でならなかった。日ごとに膨らんでいく竜馬に対する愛情と、記憶が戻らない不安が、レイの鏡を曇らせていくからだった。

——あー、ただでさえ霧がかかっているのに、今度は曇ってきちゃったわ。このままでは霧が晴れる前に鏡が曇って何も映らなくなっちゃうじゃない。

えーい、こうなったらもう一度霧の中に入ってみよう。何か少しでも見ることができれば何かの手掛かりになるかもしれないもの。まさか鏡の精が鏡の中の霧で迷子になるわけないだろうし……。

ジェニーは覚悟を決めてレイの心の鏡の中へ飛び込んでいった。霧の中を目をこらして見ると、少し霧が薄くなっている所があった。

——よしっ、ここを覗けば……あっ、人が見えた！　うーん、でも顔しか見えないわ。レイに何となく似ているからレイのお父さんかしら？　うーん、それにしてもこの顔、どこかで見た気がするなあ？　うーん、どこだっけ？　病院？　図書館？　……あっ、テレビだわ！　そうよ、テレビのニュース！　昨日病院のロビーの鏡から観ていたテレビのニュースよ！　確かこの人は、どこかの国の大使だったはずよ。国の情勢が不安定で、常に命を狙われているとか言ってたわね。それで、極秘に日本に帰国したけれど、ホテルの前で襲われてケガをして……昨日は退院の会見がニュースになっていたんだったわ。——この人の所へ行けば、きっと何か分かるはず。

ジェニーは霧の中から抜け出すと、そのまま鏡のトンネルへ向かった。数時間後、ジェニーはやっとのことでレイの鏡に映っていた人物を見つけることができた。ジェニーがいる鏡は外務省の建物の一室にあった。何やらさっきからずっと難しい顔をした人達が集まり、会議をしているようだった。

「大使、どうなさいますか？　もう二ヶ月になります。いつまでもお嬢様のことを隠しておくことはできません。それに、お嬢様もあの時のショックで記憶を失われたままのようですし、このまま放っておくのはお気の毒です」

大使の秘書官の言葉を受けて、もう一人の職員らしき男性も話し始めた。

「そうです大使、いくら病院長にお嬢様のことを頼んでいらしても、自分が誰だか分からない状態がどれほど不安なことか……。病院長の話では、皆の前では明るく振舞っていらっしゃるようですが、時々何か考え込んで塞ぎ込まれていることもあるようです。一日でも早く我々の元で保護した方がよいのではありませんか？」

すると大使は少しの間、目を閉じてから話し始めた。

「ありがとう。皆が娘のことをそこまで気に掛けていてくれていたなんて……。だが、私はまだその時期ではないと考えている。襲われた時、運良く娘が逃げ出したこと、それに記憶を失って倒れていたのが私の友人の病院だったこと、すべて神が与えてくださった幸運だと思うのだよ。娘が記憶を失ったことは、結果として娘を危険から救うことになった。

きっと、誰からも探してもらえないと、辛い思いをしているかもしれないが、安全が保証されるまでは、もう少しこのまま様子を見守りたいと考えている。それに、私の愛する娘はとても強い子だ。君達の気持ちは嬉しいが、今は私の考えに従ってくれないか」

鏡の中で話を聞いていたジェニーは驚いた。

――どう言うこと？　大使はやっぱりレイの父親なのね。それに病院長もレイのことを知っていたんだわ。だから、記憶喪失で身元も分からないのに、レイを警察に引き渡さずに病院にかくまったんだわ。それにしても大使が言ってた危険って何かしら？　レイって思ったよりも大変な状況にいるのかもしれないわ。どうしよう？　どうしよう？　何だか私大変なことを聞いてしまったわ。今まではレイの心の霧を晴らしてあげたくて、色々ヒントを探しまわっていたけど、結果的に晴らせなくてよかったのかもね。でも、いつまで様子を見れば安全になるのかしら？　いくらレイが強い子だと言っても心の鏡は曇っていく一方だし……。先生とのことも悩んでいるし、やっぱりこのまま放っておけないわ。鏡の精として曇っていく鏡を見過ごすことは絶対にできないわ。でも、レイが危険な目にあったらどうしよう？　あー！　どうすればいいの？

ジェニーは鏡の中で必死に考えた。

――レイは閉館時間の過ぎた図書館で本の整理をしながら考えていた。

また何も思い出せないまま一日が終わろうとしている。私は一体誰なんだろう？　過去の記憶が一切ないなんて……子供のころの記憶すらないなんて……。でも、学んだこともある。記憶がなくても人は生きていける。でも、それはとても孤独だということ……何故なら人を愛することができないから。心に不安を抱えたまま人を愛することはできない……

もし、記憶が戻らなければ一生一人で生きていかなければならないのかと思うとレイは不安で胸が一杯になった。

「まだいたんだ。明かりが点いていたから、もしやと思って寄ってみたんだ」

急に現れた竜馬に声を掛けられて驚いたレイは手に持っていた本を床に落としてしまった。

「ごめん。驚かせちゃったかな」

そう言いながら竜馬はレイの側にいった。「大丈夫です」と言って本を拾おうとしたレイの動きが不意に止まった。レイは、落ちて開いた本をじっと見つめていた。竜馬が覗き込むと世界地図だった。竜馬が心配そうに声を掛けた。

「大丈夫？　どうしたの？」

「何だか見覚えがあって……」

そうレイが答えると、竜馬は笑いながら、

「世界地図なんて誰でも目にしているよ。教科書にも載っているし、教室の壁にも大抵は貼ってある」

「ええ、そうかもしれませんが何か違うんです。何か私にとって特別で、とても日常的なものに思えるんです」

「世界地図が日常となると、教師とか旅行会社とか……。そうだ！　レイは何カ国語も話せるから、航空会社とか……まあ、考えると色々あるけど……。でも、順番にあたっていけば何かわかるかもしれない。明日から早速問い合わせてみよう」

「ありがとう先生。でも、自分のことは自分でやります。これ以上先生に迷惑はかけられません」

「僕が迷惑になんて思う訳ないだろ。どうして急にそんなこと言うの？　僕は医者として君の記憶が戻るように努力しているつもりだけど」

レイは、竜馬が言った「医者として」という言葉が心に大きく響いて、言葉が出てこなかった。

するとその時、病棟からの呼び出しの携帯がなった。

「レイ、後で話そう」

そう言うと、竜馬は急いで図書館を出ていった。


翌日、レイは一人で空港に来ていた。空港の中をあちこち歩き回ったが、ピンとくるものはなかった。

――あの世界地図を見た時に感じたものが、ここには何もない。

脱力感を感じながら、レイは空港のロビーの椅子に座り、スーツケースを持って通り過ぎる人々を見ていた。そして、ふっと思いついた。

――私は倒れていた日、スーツケースを持っていた。ちゃんと荷造りもしてあったし、お金も持っていたわ。パスポートはなかったけど、どこかに旅行に行くつもりだったのかしら？　それともまさか……家出？

レイが色々な想像を膨らませていると、目の前に数人の外国人の男性が現れ、レイに向かって英語で話しかけた。

「お探ししました。さあ、家までお連れいたします」

レイは咄嗟のことで訳が分からなかったが、とても丁寧な物腰と笑顔で言われたので、何の質問もしないで、言われるままに車に乗ってしまった。レイが乗ったリムジンは郊外の別荘地にある立派な家へと入っていった。リムジンを降りると背の高い外国人の男性が近づいてきてレイを抱きしめた。

「リア、僕の大切なリア。どれほど探したか」

レイは涙ぐむ男性を驚きながら見上げて言った。

「私の名前はリアなの？　私はあなたの……？」

「リア、僕のことがわからないの？　僕は君の夫のアルフレッド・ヒギンズだよ。君は二ヶ月前にぼくと一緒にいるところを暴漢に襲われて、なんとか君だけ逃がしたんだが、その後、行方が分からなくなってしまったんだ。やっと今日、君の居場所がわかって病院に迎えに行ったら、君がいなくて、部下に探させていたら空港で見つけたと連絡を受けたんだ。またどこかに行ってしまうのかと、どれほど不安だったか……。記憶を失っていたんだね。とにかく無事に戻ってきてくれてよかった。さあ、ゆっくり休むといい。君の部屋へ案内しよう」

「あの、病院に連絡しなくては……」

「いや、その必要はない。ぼくから病院の方にはすでに話しておいたから。君の身元がわかって、みんな喜んでくださったよ。もし病院の方に挨拶がしたければ、日を改めて僕と一緒に行けばいい」

アルフレッドの言葉は強引とも思えたが、レイを見つめる目はとても優しく、レイは何も言えずに従ってしまった。

案内された部屋は、アールデコ調の家具が設えられた豪華な部屋だった。レイはソファに座ったり、鏡台の前に座ったりしながら思い出そうとしたが、ピンとこなかった。壁に掛けられている肖像画はウエディングドレスを着た自分とアルフレッドに間違いなかった。

――やはり私はあのアルフレッドという人の妻だったのだろうか？　何も思い出せないけれど、あの絵にしてもアルフレッドの私に対する態度にしても嘘には思えない。でも、愛する夫まで忘れてしまうなんて……。

私は本当にリアなの？　先生心配しているかしら？　あっ、そうか、アルフレッドが連絡したって言ってたから、きっともう先生も知っているわね。これで先生も医者としての義務から解放されてホッとしているかもしれないわ。――私ったら先生のこと……私には夫がいたのに……。

レイは、自分のことが分かったのに、どうしてか素直に喜ぶことができないでいた。

ジェニーは空港からずっとレイに付いて来ていた。そして鏡の中からずっと様子を見ていた。

――どう言うこと？　レイは大使の娘じゃなかったの？　夫がいるなんて、あの時大使は言ってなかったし、ニュースでも襲われたのは大使だけだと言っていたはずよ。じゃあ、あのアルフレッドっていうレイの夫は何者なの？　……エッ、もしかして大使が心配していた身の危険ってこのことなの？　……ということは、〝レイ〟が〝リア〟っていうのは嘘なの？　ひとまず病院に戻って確認してみよう。

ジェニーは大急ぎで鏡のトンネルを抜けていった。

ジェニーが病院に戻ると、何だか空気が慌ただしかった。とりあえず院長室に行ってみると……

「院長、どういうことですか？　レイが居なくなったんですよ。ただでさえ記憶がないのに、どこに行ったか心配じゃないんですか？　どうして警察に捜索願いを出してはいけないんですか？」

院長は、さっきから竜馬にずっと責められているにもかかわらず、一言も話そうとはしなかった。――が、ついに意を決したように話し始めた。

「伊藤先生、落ち着きなさい。そろそろ本当のことを話さないといけないな。実は私は彼女のことを最初から知っていたんだ。複雑な事情があって、君達はもちろん彼女にも話すことができなかったんだ」

竜馬は込みあげる怒りを押さえずに、院長に向かって言った。

「複雑な事情ってどういうことですか！　彼女があんなに不安がっていたのに何も知らせずに黙っている程の事情ですか」

「まあ、そう興奮せずに聞いてくれ。彼女のことは国の外交に関わる重要なことなんだ。君は、中東で大使をしていた人物が襲われた事件を覚えているか？　東京に一時帰国した際にホテルの前で襲われた秋山大使だ。彼女は秋山大使のお嬢さん、理沙子《りさこ》さんだ。

襲われた日、彼女も大使と同行していたんだが、理沙子さんは大使とは別の車に乗っていて、車の中から大使が撃たれるところを見ていたそうだ。

そして、危険を感じた運転手が、理沙子さんを乗せたまま走り出したんだ。運転手は追っ手がいるのに気付き、――その追っ手を何とか振り切ったところで、理沙子さんとスーツケースを降ろして、そのまま走っていったそうだ。その直後、運転手も襲われていることから、犯人の狙いは大使一人ではなく、理沙子さんもだったようだ。

そこからは君も承知のとおり、うちの病院の中庭までやって来て倒れたというわけだ。君に発見されたのが幸いだったよ。翌日君から報告を受けて彼女の病室に行った時に、直ぐ理沙子さんだと分かったが、前の晩に大使が襲われたニュースを見たところだったから、きっとただ事ではないと思い、大使に連絡を取ったんだ。すると、大使はしばらく娘の身元を隠して預かって欲しいと言われたんだ」

「だから警察に問い合わせても何も分からなかったんですね。じゃあ今彼女はどこにいるんですか？　無事なんですね？」

院長は、急に難しい顔になった。

「いや、それが……　行方が分からないんだ。大使の方でも捜索されているようだが、もしかすると何者かに拉致された可能性が……」

「拉致？　誘拐ってことですか？」

ここで二人は沈黙した。それぞれが、最悪の事態を想像しているかのように険しい顔つきになっていた。

鏡の中で、この話を聞いたジェニーは驚いていた。

――どういうこと？　じゃあ、さっきのアルフレッドって男はレイの夫ではないのよね。だってレイの本当の名前は理沙子でしょ。あの男は、リアって呼んでたもの。大変！　レイ……じゃなくて、理沙子は誘拐された！　あの雰囲気は誘拐とか監禁とかされている感じではなかったけど……妻との再会を心から喜んでいるように見えたわ。あの表情に嘘はなかったと思うんだけどなあ？　そうよ、それにあの肖像画、あれは理沙子だったわ。誘拐犯が、そんな手の込んだことまでするかしら？　あー、でも理沙子はまだ自分が誘拐されたことに気付いてないし、それどころか必死で思い出そうとしているわ。あー、どうやって知らせればいいの？　鏡の精に誰かに何かを知らせる力はないし、こんな時に鏡を磨いても仕方ないし……いけないわ弱気になってわ！　とりあえず、理沙子の所へ戻ってみよう。何かできる事があるかもしれないもの。

そう言うとジェニーは鏡のトンネルへ消えていった。


ジェニーが理沙子のいる別荘に着いたとき、理沙子とアルフレッドは食事中だった。

「さあリア、たくさん食べて、君の好きなものばかり作らせたよ」

「ねえ、アルフレッド教えて？　私は誰に襲われて記憶を失ったの？　どうして襲われたの？　あなたは無事だったのよね？」

アルフレッドは立ち上がり理沙子の側に行くと、肩に優しく手をかけて静かに言った。

「リア、君は今混乱しているんだよ。だから無理に思い出そうとしなくていいよ。ぼくの側にいてくれるだけで、ぼくは幸せだから。思い出なんか無くても、これから二人でたくさん作っていけばいいんだから大丈夫だよ。リアがぼくの妻である事実は変わらないし、ぼくは君を愛している。だから何も心配しないでぼくを信じてくれればいいんだよ」

理沙子はアルフレッドの言葉の魔法にかかったように、落ち着いた気分になった。

——アルフレッドは本当に私を愛してくれているんだわ。私はアルフレッドのことを本当に愛していたかどうか記憶がないけれど、彼が私のことを大切にしてくれていたのはよく分かる。

理沙子はアルフレッドが優しくしてくれればくれるほど、申し訳ない気持ちで一杯になった。それに、もう一つ申し訳ないことは、自分の心の中に竜馬がいることだった。人妻だと分かった今、いけないことだと思ったが、どうしても心の中から竜馬が消えないのだった。

ジェニーは、さっきから理沙子の心の鏡に入り込んで、理沙子の心の葛藤を見ていた。

——何だか私もよく分からなくなってきたわ。アルフレッドは本当に理沙子を愛しているみたいだし、それにあんなに優しい誘拐犯なんか見たことないわ！　きっともっと深い事情がありそうね。これはアルフレッドの鏡を見るしかなさそうね。

ジェニーはアルフレッドの心の鏡を覗きに行くことにした。

——まあなんて冷たい鏡かしら？　……それに殺気のような、冷気のような凄く冷たいものを感じるのは何故かしら？　理沙子に接する優しい態度からは想像もつかないわ。

そう思いながら、ジェニーは心の鏡を覗き始めた。

「リア、ぼくの可愛いリア」

「お帰りなさいアル。長い出張だったわね、寂しかったわ」

――あらっ、この女性はやっぱり理沙子だわ。どういうこと？　もっと違う場所を見てみないと分からないわね。

ジェニーは急いで別の場所に入っていった。

――何か暗い雰囲気ねえ、ここは一体どこかしら？　地下室みたいだけど……あっ、アルフレッドがいたわ！　一緒に話している人達はいかにも怪しい感じだけど……

「計画の進行具合はどうだ？」

「予定どおり進んでいる。後は決行の日を待つだけだ」

「でも最近大使館のセキュリティーがまた厳しくなっているから気は抜けないぞ」

「大丈夫だ。パーティーの正式な招待客が爆弾を持ち込むなんて誰も思わないさ」

ジェニーはここまでの話を聞いて驚いた。

――えっ、これってテロの相談してるの？　じゃあ、アルフレッドはテロリスト？　余計訳がわかんないわ！

そう言ってまた別の場所を覗き込んだ。

「さあ、パーティーの始まりだ。我々の同志が無事にセキュリティを通過した。彼がタイマーをセットしてから、二十分後にこの建物は爆破される」
するとモニターで監視していたアルフレッドが突然叫んだ。
「どういうことだ？　なぜリアがここにいるんだ」

アルフレッドの妻のリアは友人に誘われてこの大使館のパーティーに来てしまったのだった。アルフレッドは仲間が止めるのもきかずに、偽装のＩＤを使い、大使館に入りリアを探し始めた。が、人が多くてなかなか見付からなかった。アルフレッドは、早くリアを見つけなければと必死だったが、その姿を見た他の仲間が、このままアルフレッドを放っておけば計画が台無しになりかねないと思い、周りに気付かれないようにアルフレッドを取り囲んで、外へ連れ出しワゴン車にアルフレッドを押し込み走り去った。――入念に準備されたこのテロ計画は成功し、多くの犠牲者を出して世界中を震撼させた。犠牲者の中にはリアの名前もあった。アルフレッドは自ら計画したテロによって、最愛の妻を失ってしまったのだった。それからのアルフレッドは、人間の心を無くしてしまったかのように、冷酷で残忍になっていった。

ところがある日、日本大使の襲撃計画を立てていたアルフレッドは、大使の家族写真を見てリアを見つけてしまったのだ。正確にいうと、それは理沙子だったのだが、アルフレッドはその写真を見た時、神様が自分にリアを返してくれたと思ってしまった。その日からアルフレッドは理沙子に執着し、必ず理沙子を自分の側に置こうと決めていた。

そして、大使襲撃の決行日、理沙子を無傷で自分の元へ連れてくるように命じたが、結局失敗に終わってしまった。その上、理沙子は行方不明になり、――アルフレッドは必死で理沙子を探していたのだった。

一方、日本大使の秋山は、襲撃される可能性があることが分かっていたので、警備に気を使っていた。特に娘の理沙子の警備を強化していた。なぜなら、秋山はテロリストの調査をしている時にアルフレッドの妻が理沙子にそっくりであったことを知り、その上その妻が自ら計画したテロの犠牲になっていたことも知っていたため、直感的に理沙子が危険だと判断していたのだった。

ジェニーはアルフレッドの心の鏡を見ながら震えていた。冷気のせいではなく、恐怖からくる震えだった。

――なんてことなの！　あのアルフレッドが本物のテロリストだったなんて！　大変、このままだと理沙子はテロリストの妻にされちゃう。何とかして理沙子を助け出さないと！

ジェニーが一人であたふたしている頃、伊藤竜馬は秋山大使を訪ねていた。

「ぼくは娘さんの担当医です。今、レイ……いや、理沙子さんはどちらにいらっしゃるんですか？」

さっきから何も答えようとしない大使の代わりに秘書と思われる男性が話し出した。

「お嬢様の行方は今我々が全力で捜しています。先生は気になさらずに、どうぞお引取りください」

「気にならない訳ないでしょ。彼女はまだ記憶が戻っていないんですよ。自分がどこの誰かも分からない状態で放っておけませんよ」

するとと大使がやっと口を開いた。

「娘のことをそこまで心配してくださって、ありがとうございます。先生には本当にお世話になったと院長からも聞いています。しかし、先生が心配してくださってもどうにもならない問題なのです。今回の娘の行方不明の件は、政府レベルで考えなければならない問題になったようです」

そこへ秘書が慌てて大使の話を遮った。

「大使、民間人にそれ以上は……」

「いや構わない。私の権限で先生には全てお話する。先生には娘の置かれている状況を知っておいてもらった方がよいと私が判断したのだ」

そうして大使は襲撃された時から現在に至るまでの事情を全て説明し、今、理沙子が誘拐されている可能性が高く、しかもこの誘拐は理沙子にそっくりな妻を亡くしたテロリストが理沙子を狙ったものだということ、そして政府はこの機会に国際指名手配されているそのテロリストを逮捕しようとしていることを話した。――そして、その中には、理沙子が犠牲になる可能性も有り得るということも含まれていた。

竜馬はぼう然としていた。まるで映画のストーリーでも聞かされているような現実離れした話にどう反応すればよいか分からなかった。

翌朝、理沙子とアルフレッドは、テラスで朝食をとっていた。

「アルフレッド、教えて、私達どんな夫婦だったの？　結婚式はどんなだったの？」

「リア、僕達は本当に仲のよい夫婦だったよ。それにリアのウエディングドレス姿はとても美しくて、素晴らしかった」

その時、テラスに置いてある大きな花瓶にウエーターの腕が当たり〝バリーン〟と大きな音をたてて割れた。その音を聞いた瞬間、理沙子は急にめまいがしたかと思うと、頭の中をスライド写真のような映像が何枚も駆け抜けていった。

「リア、どうしたの？　顔色が悪いよ。ドクターに連絡しようか？」

「大丈夫よ、部屋で少し横になるわ」

理沙子はアルフレッドに抱えられて、部屋のベッドに寝かされた。

「午後から気晴らしに出かけよう。それまでゆっくり休んで」

そう言うとアルフレッドは理沙子の額にキスをして部屋を出ていった。――アルフレッドが出ていってから、理沙子は先程頭の中に浮かんだ映像を思い出して、整理し始めた。自分が本当にリアなのか、確かめなくてはならないと思っていた。

ジェニーは理沙子の心の鏡の霧が少し薄くなっているのに気付いていた。

――理沙子の記憶が戻ろうとしているんだわ。早く戻ってほしいけど、今この場で戻ると危険だわ。理沙子が記憶を取り戻したら、アルフレッドは理沙子をどうするだろう。

考えるだけで怖かった。

その頃、大使の所では慌ただしく人々が動き出していた。

「大使、お嬢様の居場所が分かりました。やはりアルフレッド・ヒギンズの別荘に……しかし、監禁されている様子はなく、普通に過ごされているようです」

「それはまだ娘の記憶が戻っていないからだろう。もし戻ったら今のままでは済まないだろう。何とか記憶が戻る前に助け出せればいいのだが……」


「ねえ、アルフレッド、私の荷物はまだ病院よね。明日取りに行ってもいい？　みんなにお別れの挨拶していないのが気になって……」

アルフレッドは少し困った顔をしながら理沙子を抱きしめて言った。

「リア、挨拶なんてそんなに急がなくてもいいじゃないか。荷物は明日取りに行かせるよ。君が出掛けると不安になるんだ。また居なくなってしまうんじゃないかと……」

「じゃあ、一緒に行きましょう。それでもダメ？」

結局アルフレッドは理沙子の押しに負けてしまった。翌日二人はリムジンに乗って病院へ向かった。病院の通用口に車を停めようとしたとき、丁度、警備のために巡回にやって来たパトカーが先に停まった。するとリムジンは、そのまま通用口を通り過ぎた。その時、横の歩道を竜馬が歩いているのが見えた。理沙子は思わず「停めて」と叫んだ。運転手は理沙子の声に驚いて、ブレーキをかけた。リムジンは竜馬の真横で停まった。理沙子は窓を開けて竜馬に声をかけた。

「先生、先生」

竜馬は驚いて理沙子を見た。そして、さらに車の中を覗くと外国人の男性が座っている。瞬時に竜馬は例のテロリストだと思ったが、できるだけ顔に出さないようにした。

「よろしかったら、お乗りになりませんか？」

と、アルフレッドが言ったので、竜馬はその言葉に素直に従った。竜馬がリムジンに乗ると、アルフレッドが手を差し出して挨拶した。

「妻のリアが大変お世話になりました。もっと早く見つけられればよかったのですが……。先生が助けてくださったそうで、本当にありがとうございました」

「レイ……リアさん、体の具合はいかがですか？　もう一度検査したほうが良いと思いますが……」

「いえ、それには及びません。国に帰れば主治医がおりますので、そこで検査をします」

「いつ戻られるのですか？」

「ここ数日の間にはと思っています」

そこで理沙子が口を挟んだ。

「先生、私の荷物が欲しいのですが、持ってきてくださらないかしら？」

アルフレッドは慌てて、

「リア、先生はお忙しいんだ。誰かに取りに来させよう」

今度は竜馬が慌てて言った。

「いえ、大丈夫です。午後から届けに行きます。その時に診察もさせていただきます。少し顔色がよくないので……」

午後、竜馬は理沙子のカバンを届けるために別荘へ向かった。別荘に着くと、余りにも大袈裟な警備に驚いたが、相手の素性を考えると当然だと思った。理沙子の主治医ということもあり、ボディーチェックは受けなかった。客間でしばらく待っているとアルフレッドと一緒に理沙子が入ってきた。――一通りの診察が終わると、竜馬がアルフレッドに説明を始めた。

「少し貧血のようですし、急な生活の変化でストレスもあるでしょうから、念のため点滴をしておきましょう。ストレスは記憶障害にとって一番よくありませんからね」

アルフレッドは、しぶしぶといった感じで立ち上がると、

「では、お願いします。私は用があるので少し失礼します。リア、後でまた来るよ」

そう言って部屋を出ていった。その途端、理沙子が小声で竜馬に話し出した。

「先生、私本当にリアなのかしら？　アルフレッドは、本当に私の夫かしら？　昨日、頭の中にいくつかの場面が浮かんだんです。男の人が倒れているところと、私が叫んでいる姿、何かとても暴力的なことが起こっていたみたいでした。アルフレッドは一緒にいる所を暴漢に襲われたって言ってたんですが、アルフレッドの姿はなかったように思うんです。先生、私はどうすればいいんでしょうか？」

竜馬は、今はすべてを話してもまだ理沙子を混乱させるだけだと思い、伝えなければならないことだけを簡潔に話した。

「レイ　今からぼくが話すことをよく聞いて、そして、決して態度や顔に出さないようにして欲しい。とにかく、ぼくを信じて！　分かるね？」

理沙子は竜馬の真剣な眼差しを見ながら黙って頷いた。竜馬は話し始めた。

「レイ、君はリアという女性ではない。勿論アルフレッドの妻でもない。彼は君を誘拐したんだ。これには複雑な事情があるんだけど、とりあえず君は早くここを出なければいけないんだ。それから、君にはちゃんと家族がいる。お父様が心配されていたよ。

今夜ここに救援部隊が送り込まれ、君は救出されることになっているが、まだ夜まで時間があるし、このまま君を一人残してぼくが帰る訳にはいかない。ここにいて君を守りたいんだ。だから、ぼくの言う通りに具合の悪いフリをして欲しい。そうすれば、ぼくが夜までここにいる口実が作れるから」

理沙子は竜馬が一体何を言っているのか、すぐには飲み込むことができなかったが、竜馬の言うことなら何でも信じられるような気がした。それに竜馬が一緒にいてくれると思うと、何の不安も感じなかった。


この様子を客間の鏡から見ていたジェニーは、オロオロしていた。

――救援部隊が突入するなんて本当に大丈夫なのかしら？　普通、人質を救うのが目的だったら突入なんて危険なことはしないもの。きっと、アルフレッドの逮捕がそれだけ重要なんだわ。理沙子のお父さんも難しい立場だから、辛い想いをしているのでしょうね。一番危険なのは、アルフレッドだわ。あんなに理沙子に執着しているんだもの、素直に理沙子を渡すはずがないわ。もしかしたら理沙子を道連れに……あー考えただけでも恐ろしいわ。神様どうか理沙子たちをお守りください。私も何かできることを捜さなくっちゃ。

ジェニーは、また暗い鏡のトンネルに入っていった。

竜馬は理沙子が急に気分が悪くなったと大袈裟にアルフレッドに伝え、治療のためと言って居残ることに成功した。

——午後九時を過ぎた頃だろうか、急に家の中が停電になったかと思うと、照明弾が上がり窓の外が明るくなった。そして、あっという間に家の中と外にいたボディーガード達が取り押さえられた。そして数人の武装した隊員たちとともに大使が部屋に入ろうとした時、銃声が響いた。理沙子を連れ出そうとした竜馬がアルフレッドのピストルで撃たれたのだ。崩れ落ちる竜馬を見て理沙子は叫んだ。——その時だった、理沙子の心の中を突風がつき抜けていき、理沙子はそのまま意識を失った。

アルフレッドは倒れている理沙子にピストルを向けた。大使は何も持たずにアルフレッドに近づいていった。

「ヒギンズ、娘を返してくれ。娘は君の奥さんではない。それに、娘を撃つことを君の奥さんは望んでいない。亡くなった奥さんのためにも、もう無益なテロ行為はやめろ」

「もう一度リアを失うくらいなら、このまま彼女と一緒に死んだほうがいい。ぼくは彼女と一緒にここを出る。出られないなら彼女を撃つ。みんな銃を下ろして部屋から出ていけ。ぼくは本気だ」

そう言うと、アルフレッドはピストルを持つ手にさらに力を入れると理沙子に近づけた。

客間の鏡に戻っていたジェニーは、アルフレッドが理沙子にピストルを向けるのを見て、咄嗟にアルフレッドの心の鏡に飛び込んだ。そして、心の鏡を魔法のクロスでゴシゴシと拭いた。一向に明るくなる気配はなかった。ジェニーは無力な自分が悲しかった。そしてこのまま何もできずに理沙子を見殺しにしてしまったらどうしようという想いから、急に涙が込み上げてきた。——ジェニーは「お願い理沙子を助けて」と願いながら、アルフレッドの心の鏡を抱きしめた。

すると、ジェニーの温かい涙と抱きしめられた温もりが鏡に伝わったかのように突然鏡の奥が〝キラリ〟と輝いた。輝きの中をジェニーが覗いてみると、そこには理沙子……いや、本物のリアが美しく輝いて映っていた。

ピストルを構えたアルフレッドが、まさに引き金を引こうとした時だった。

『アルフレッド、アルフレッド』

懐かしいリアの声がアルフレッドに聞こえた。その途端、アルフレッドの手から力が抜け、ピストルが床に落ちた。——アルフレッドは取り押さえられ、理沙子は無事に助けられた。

「理沙子、大丈夫か？」

大使が理沙子を抱きしめた。

「パパ、パパ無事だったのね。よかったわ」

「理沙子……お前記憶が……」

「さっき、先生が撃たれるのを見たとき、何もかも思い出したの。先生は？　先生はどうなったの？　私、病院に行かなくちゃ」


理沙子が病院に着くと、手術はすでに終わっていた。理沙子は特別にＩＣＵに入れてもらい、竜馬の側に座った。

「先生ごめんなさい。私のせいで……私の記憶がもっと早く戻っていたら、こんな目に遭わなくても済んだのに……」

「謝らないで、君のせいじゃないよ」

小さなかすれた竜馬の声が聞こえた。

「先生、気がついたのね。よかった。本当にごめんなさい」

「それより、レイが無事でよかった。どこも怪我してない？」

「ええ、先生、大丈夫です。それと、私は理沙子よ。全部思い出したんです」

「そうかあ」

とつぶやきながら、竜馬はまた眠りに落ちた。


「あー、今日も良い天気だわ。外は寒そうだけど」

ジェニーは病院のリハビリ室の鏡の中から竜馬と理沙子を見ていた。

「先生、患者さんになるって大変でしょ？　これで先生も今までより患者さんの気持ちが分かるようになったんじゃない？」

「ぼくはいつでも患者さんのことを考えているんだ。でも、患者さんに恋するとは思わなかったけどね」

「違うわ。先生は私が患者になる前、私を助けた時から私に恋してたのよ。私だって……もし、また記憶を失ったとしても、先生のことは絶対に忘れない自信があるの」

そう言って、理沙子は竜馬の手を握り締めた。

「さあ、早くリハビリを終わらせて退院しないと、結婚式もできないな」

照れ笑いしながら竜馬が言った。


鏡の中のジェニーは大満足だった。

——結局、二人の心の鏡には何もしてあげられなかったけど、二人の鏡はこれからも輝き続けるから大丈夫だろう。それにしても、アルフレッドの鏡は本当に不思議だったわ。愛は心の鏡に永遠に宿っているものなのね。心から人を愛するって素晴らしい。愛は奇跡も起こせるものね。これからのアルフレッドの人生に何があったとしても、愛の宿った心の鏡が、きっと導いてくれるわ。

さあ、今度は、どんな素敵な鏡と出会えるのかしら……。

Seventh cleaning

孤独の鏡

――どうしよう？　困ったわぁ。ここって最初に通った道だったかしら……？　いや、ちょっと違うかも……こんな看板なかったもの、あーん、迷子になっちゃった。雪《ゆき》に電話しても場所を説明することができないし、もう、どうしよう？

親友の雪の結婚式に出席するために、韓国のソウルへ来ていた立花華《たちばなはな》は、今道に迷っていた。式の前日、買い物がてらに街をぶらぶらしていて、道に迷ってしまったのだ。最初は、ホテルの近く、明洞《ミョンドン》を歩いていたはずなのに、今は何やら巨大な市場の中をぐるぐる歩き回っていた。どこを歩いても同じような店ばかり並んでいる通りが続いていて、なかなかタクシーが走っている大通りに出ることができなかった。しまいには怪しげな客引きの男がカタコトの日本語で近づいてきて離れない。最初は無視していたが、もう限界だと思い何か文句を言おうと振り返った時、横から男性が出てきて付いてくる男に韓国語で何か言うと、男は何か文句を言いながら去っていった。そして、横から出てきた男性は、華の腕を掴んで足早に歩き出した。その男性は、皮のジャケットにビンテージ風のジーンズ、サングラスといった格好で、手には何度も繰り返し読んだ感じのボロボロの表紙の本を持っていた。客引きの男も怪しいが、この男の方がもっと怪しくて危険だと思い、華は、手を振り解いて言った。

「あなた何ですか？　警察呼びますよ！　えっと、警察って何て単語だったかしら……あっ、キョンチャル！　キョンチャルを呼ぶわよ！」

すると男性は、

「なんだ、単語くらいしゃべれるんだ。だったら助けなくてもよかったのかな？」

「えっ、あの助けてくれたんですか？　あなた日本人？　いえ、あの、すみません私、てっきりさっきの怪しい男の仲間かと……ごめんなさい」

「もしかして、どこかに連れて行かれるとでも思ったの？　ぼくは道に迷ったバカな観光客を助けたつもりだったんだけど……」

「バカな観光客って！　失礼な！　とりあえず、ありがとうございました」

そう言うと、華はスタスタと歩いていった。後ろから男性が、「タクシーは、そのまま真っ直ぐ行けば乗れるよ」と叫んでいたが、華は聞こえない振りをしていた。——でも、言われた通り真っ直ぐ歩いて行きタクシーを拾ってホテルに無事に帰ることができた。

——あー何だか不愉快だわ。私のどこがバカな観光客なのよ！　ホントに失礼な男だわ！　でも、あの人……。

華はその男性について一つだけ気になっていることがあった。

ジェニーは、ホテルの部屋で文句を言いながらクッションを殴っている華を鏡越しに見ながら笑っていた。

――華ったら本当にドジね。まあ迷子になるなんて、華らしいといえば華らしいけど……。

鏡の精であるジェニーが華と出会ったのは、もう随分前のことだ。華が小説家としてデビューした年だった。始めてのサイン会で緊張して震える手を止めようと必死になっていたところ、ちょうど控え室に貼ってある鏡の前をジェニーが偶然通りかかり、震える手をもう一方の震える手で押さえていた華の姿に笑ってしまい、そんな可愛い華がすっかり気に入ってしまったのだ。それ以来時々華のところへやって来ては、心の鏡を覗き、もし少しでも曇りがあれば、そっと拭いてあげていたのだった。

華の職業は小説家だったので、心の鏡は万華鏡のように色々なものを映しては変化していた。人より好奇心が強く、感受性が豊かで人の喜びや悲しみをすべて心の鏡で受け止めてしまうのだ。なのでその分他の人よりも心の鏡が曇り易い。ジェニーはそんな華の鏡が放っておけず、時々様子を見にきていた。それに、ジェニーにとって華の心の鏡を覗くのはいつも楽しくて、鏡を拭くのを口実にしては楽しんでいるのだった。

今回も華が親友の雪の結婚式でソウルへ行くと知り、華と一緒ならソウルで楽しい発見があるかもしれないと勝手に付いて来たのだった。

華は雪と一緒にエステを受けている最中だった。

「華どう？　ここのエステは最高でしょ？　漢方がたくさん入ってるから、明日はきっとお肌ピカピカよ」

「ねえ、ピカピカなのは明日結婚する雪だけでいいんじゃないの？　私までしなくてもよかったんじゃないの？」

「もう、何を言ってるの！　私が何のためにわざわざソウルまで華を呼んだと思ってるの」

「結婚式のためでしょ？　どんなに遠くても親友の雪のためなら、どこだって行くわよ」

「華、ありがとう。今の言葉ちょっと感動したわ。でもね、もう一つ目的があるのよ」

「何？　目的ってどういうこと？」

「ホント華って、鈍いんだから……それでも小説家なの？　しかも華は恋愛小説を書いてるのよ。恋ができない恋愛小説家なんてだめじゃない。やっぱり作品にはリアリティーが必要だと思うのよね。そこで、私が華のために自分の結婚式を利用して、素敵な恋人を見つけてあげようと思ってるんじゃない。どう？　この美しい友情」

「いい加減にしてよ！　私は恋ができないんじゃなくて、今は忙しくてお休みしてるだけよ。それに、私の作品には充分リアリティーがあります」

「あらっ、随分長いお休みね。最後の彼氏は大学の時に付き合ってた背の高い……名前は忘れちゃったけど、あの人だったよね？　なのによくあんな素敵な恋の物語が書けるわよね」

華は口では雪に勝てないことが分かっていたので、寝たふりをして無視することにしたが、雪はまだ一人でしゃべり続けていた。

本当に私、いつからちゃんと恋をしていないいんだろう。本を書いているうちに理想が高くなったのかなあ？　ううん、やっぱり違うわ。運命の人と出会ってないのよ。小説の主人公にトキメクのとは違う、本当に心からトキメク人に出会いたいだけなのに……

そう思いながら本当にウトウトとし始めた。


結婚式の朝、雪の両親と華の両親がホテルに到着したので、雪と華も含めて六人で朝食を取っていた。

「せっかくの家族水入らずなのに、私達お邪魔じゃなかったですか？」

恐縮した様子で華が言うと、雪の母親が笑顔で答えた。

「何を言ってるの。華ちゃんと華ちゃんの家族は親戚みたいなものよ。お互いの家を行ったり来たりして、私も華ママとすっかりお友達になれて、この頃なんて老後も一緒に過ごせたらって言ってるくらいよ」

すると、華の母親も話しだした。

「そうよ華、私にとって雪ちゃんは娘も同然なのよ。だから嬉しくて……でも、華も結婚してくれないと、雪ママと安心して老後なんて考えられないわ」

そこで、今まで黙って聞いていた華の父親が口を挟んだ。

「いいじゃないか、華が嫁に行きたくなければ、無理に行かなくても……」

「そうそう、あまり早く手放すのも寂しいものだよ。しかもこんな遠くに……」

雪の父親が本当に寂しそうに言った。

「もう、パパったら、そんなこと言わないでよ。ママたちもまだ若いんだから老後なんて考えるのは早いわよ。華だって今日……」

雪は話しながら華が睨んでいるのに気付いて話をやめた。そして、

「さあ、そろそろ仕度にかからないと。じゃあ、また後で……」

慌てて部屋に戻っていった。

「私たちも綺麗にしにいきましょうか。だって、雪ちゃんの旦那様になる方って、映画の配給会社をされてるから、今日のお式には芸能人がたくさん来られるそうよ。楽しみだわ」

「ママも雪ママも絶対にサインなんかねだったらダメよ。雪から二人を見張っておくように言われてるんだからね」

「まあ、酷いわ。いくら私たちがミーハーだからって、大切な結婚式でそんなことしないわよ。ねえ、雪ママ？」

「そうそう、華ママの言う通りよ。華ちゃん心配し過ぎよ。ねえ、パパ？」

同意を求められた父親は、咳払いを一回すると立ち上がった。そして、みんなそれに連れられるように、それぞれの部屋へと戻っていった。

チャペルでの結婚式はとても幻想的だった。誓いの言葉は韓国語だったので、よく意味が分からなかったが、とても感動してしまい、華は涙が止まらなかった。

披露宴が始まると会場には多くの芸能人がお祝いに駆けつけ、ちょっとした音楽祭とか映画祭のようになっていた。

去年、華の書いた小説が映画化やドラマ化され、それがヒットしたため、華は美人小説家として雑誌やテレビで取り上げられていたので、華は小説家として人気があり、逆に韓国の芸能人やマスコミから注目を集めていた。

華がマスコミから逃れて、やっと飲み物を手にした時だった。男性が華に近づいて来た。

「こんにちは。ぼくは、ハン・ジフンと申します。立花華先生ですよね？」

「はい　そうですが、あなたは……？　あっ、俳優の方ですよね。この間、映画を見せていただきました。とても素敵な映画でした。お会いできて光栄です」

「ありがとうございます。ぼくも先生の本が大好きです。今度先生の本が映画化される時は、是非出演させてください」

「嬉しいですが、私には何の力もありませんし……」

華とジフンが話していると、他の俳優たちもたくさんやって来て、韓国語、日本語、英語とごちゃまぜの会話で盛り上がった。

その様子を遠くで見ていた雪はウエディングドレスで小さくガッツポーズをしていた。もちろん近くの鏡の中にいるジェニーもガッツポーズをしていた。

披露宴も中盤を過ぎた頃、立ちっぱなしだった華は少し疲れたので、新郎新婦のために用意されていた控え室へ休憩しにいった。ドアを開けると中にはだれもいなかったので、華はソファーにドレスのまま寝転んだ。「あー、疲れた。人が一杯で人に酔っちゃったわ」と、独りごとを言っていると、急にドアが開き、タキシードの男性が入ってきた。男性はすぐに寝転んでいる華に気付いた。華もすぐ男性に気付き急いで起き上がった。

「失礼しました」

そう言って慌てて出ていこうとしたので華は、

「どうぞ休憩なさってください。私の休憩は終わりましたから……」

すると男性は急に華の顔をまじまじと見つめそのまま近づいて来た。

「君は昨日の……」

「どこかでお会いしましたか？　……あっ、もしかして市場であった……バカな観光客って……」

「やっぱりそうか、迷子のお嬢さんだ。君も結婚式に出席してたんだ。ぼくは、松田右京《うきょう》といいます。新郎の会社でプロデューサーをしています」

華は、迷子のお嬢さんというフレーズが引っかかっていたが、とりあえず挨拶くらいはしなければと思い、

「新婦の友人で、立花華と申します」

「ああ、雪ちゃんから話は聞いていています。売れっ子の小説家で、あなたの書く本は最高だって。あっ、ぼくは個人的にも新郎のチェ・ユンスと親しくしていて、よく三人で食事するんです」

二人が挨拶をしているところへ今度は、ユンスと雪が入ってきた。

「なんだ、右京《うきょう》と華ちゃんもいたのか。いつの間に知り合ったんだ？　二人とも自己紹介は済んだみたいだけど」

「華には私から紹介しようと思ってたのに……でも、どうして？」

「うん、偶然にさっきここでね」

右京は華にだけ分かるようにウインクしながら答えた。雪は二人の顔を交互に見ながら、

「ふーん、何か怪しいけど、まあいいわ。そうだ、披露宴が終わって着替えたら、四人で飲みましょう。ねえ、いいでしょ？　ユンス」

「そうだな、じゃあ、後でぼくたちの部屋へ来てくれ。ルームサービス適当に頼んでおくから。そろそろ会場へ戻らないと、雪行こう。じゃあ、後で……」

部屋を出る前に雪が華のところへ小走りでやって来た。

「華、右京さんって素敵でしょ？　それにさっき、俳優のハン・ジフンと話してたでしょ？　華すごいわ！　やればできるじゃない。じゃあ、この後もがんばるのよ」

それだけ言うと、ユンスを追いかけて出ていった。

——本当に花嫁なの？　まあ右京さんは見た目は素敵かもしれないけど、初対面の人をバカ呼

ばわりするような男はちょっと……

と華は思っていた。

「じゃあ、華ちゃん　また後でね」

と言って右京も笑顔で出ていった。華は呆れていた。いきなり〝華ちゃん〟なんて馴れ馴れしい。きっと相当遊び人だわ。まあ、プロデューサーなんてそんなもんよね。さあ、私もパーティーに戻ろう。そう言えば、ママたちはどうしているのかしら？　人が多くてあっと言う間にはぐれちゃったわ。


華は披露宴会場に戻ると、両親たちを捜した。雪の父親と華の父親はユンスの両親と談笑していた。母親達の姿が見あたらないので、更に捜して歩いていると……、「あれはママたちだわ！」華と雪が心配した通り、芸能人を見つけては一緒に写真を撮っているようで、そして、ちょうど誰かを見つけて、一緒に写真を撮ってもらっているところだった。華は、少し怒った声で、後ろから話しかけた。

「ママ、何してるの？」

すると、母親と一緒に驚きながら振り返ったのはジフンだった。

「やあ、華先生、先生のお母様だったんですか？」

「そうなんです。すみませんご迷惑おかけして……」

「迷惑だなんて思ってませんよ。華先生も一緒に撮りましょう」

ジフンは、マネージャーらしき人にカメラを渡すと、雪の母親と華の母親、そして華も入れて四人で写真を撮った。もう母親たちは大喜びだった。いつも自分が見ているドラマの俳優に肩を組んで写真を撮ってもらったのだから。

「さあ、ママたちはパパのところへ戻って。ユンスさんのご両親もいらしたわよ。それに、こんなところ雪に見付かったら怒られるわよ」

母親たちは華に急き立てられて、渋々戻っていった。華は残って、ジフンにお礼を言った。するとジフンが、

「華先生、少しぼくに付き合ってください」

そう言って、華はテラスへ連れ出された。人は誰もいなかった。ジフンはボーイからシャンパンを二つ受け取り、一つを華に渡した。

「華先生、さっきぼく華先生の小説が大好きだと言いましたね。……これって、とても不躾で、失礼なお願いかもしれませんが、ぼくのために本を書いて欲しいんです。映画でも、ドラマでも、ぼくだけのオリジナルストーリーを書いて欲しいんです。初めて会って、こんなお願いをするのは本当に失礼ですが、このチャンスを逃したら、先生に二度と会えないような気がして……。ダメですか？　ぼくが俳優になって十年の記念作品にしたいんです」

ジフンの余りにも真剣な表情に華はどう答えればいいのか、すぐに返事が思い付かなかった。華はジフンの真剣なお願いに、いい加減に答えたくなかった。しばらくの沈黙の後、華は真っ直ぐジフンを見て、できる限り誠実な態度で答えた。

「ジフンさん、申し訳ないのですが、今ここでお返事をすることはできません。ここで安請け合いをして、いい加減な本を書くことはできません。それに私自身、今まで誰かのためだけに本を書いたことがありません。いつも書きたいものを自由に書かせてもらってきました。プロとしてはダメかもしれませんが……」

「じゃあ、なお更お願いしたいです。ぼく自身を先生の作品の主人公にして欲しいんです。ぼくは、絶対諦めたくないんです」

「私はジフンさんのこと映画やドラマでしか知らないし、今の私がイメージできるのは映画の中のジフンさんなんです。本当のジフンさんを書くには余りにも知らなさ過ぎます」

「では、まずぼく自身を知ってください。ただの一人の男、ハン・ジフンを見てください。それから書くかどうか決めてください。でもきっと書いてくれるまで付きまといますけど……」

華はジフンを見て微笑むと、

「分かりました。じゃあ、見させていただきます。それと、先生って言うのやめてもらえますか？」

ジフンも真剣な表情から、少年のような輝いた笑顔になり言った。

「じゃあ、華さん、ソウルにいる間、ぼくのために時間を作ってくださいね。明日はどうですか？」

「明日は、午前中にホテルで雑誌社の方と会うので、それが終われば予定はありませんが……」

「よかった。では終わるまでホテルの近くで待ってますから、電話ください」

ジフンはボーイからペンとメモを借りてくると携帯電話の番号を書いて華に渡した。

テラスの鏡でこの一部始終を見ていたジェニーは、一人でフワフワと飛び跳ねて興奮していた。

――まあ、大変どうしましょう？　何年も華を見てきたけど、華が男の人から素直に電話番号をもらってデートの約束をするなんて、信じられないわ！　すごい進歩よ！　今まで仕事ばっかりしてたから、実は少し心配していたのよねえ。うーん、でも華はこれも仕事と思っているのかも……あー、華のことだから、デートなんていう風には思わないわね、きっと。あーあ、何だかテンションが下がってきちゃったわ。また明日様子を見にいこう。

さて、次は雪の心の鏡を見に行かなくちゃ。結婚のお祝いに心の鏡をピカピカに磨いてあげようっと。

ジェニーは嬉しそうに鏡のトンネルに飛び込んでいった。


披露宴も無事に終わり、華と右京はユンスと雪の部屋で飲んでいた。

「ここのスイートルームって、眺めが最高ね。それに今日の雪はとても綺麗だったわ。女優さんもいっぱい来ていたけど、雪が一番綺麗だったわ」

「ありがとう。そういう華も綺麗だったわよ。黒のドレスで目立ってたわよ。ねえ、ユンス？」

「さあ、女同士の誉めあいはきりが無いから、乾杯しよう。今日はありがとう。華ちゃん、右京」

四人はシャンパンとワインでとても盛り上がった。しばらくすると、さすがに式で疲れたのか、いつもは夜に強い雪がソファーで眠りだした。すると、右京が華に言った。

「華ちゃんぼくたちもそろそろ引き上げようか」

「ええ、そうですね。じゃあ、ユンスさん、おやすみなさい」

右京と華は一緒に部屋を出た。長い廊下を歩きながら右京が話し始めた。

「華ちゃん　ぼくのこと嫌な奴と思ってるでしょ？」

華は急に心の中を覗かれたような気持ちになり驚いた。

「昨日、バカな観光客って言ったことは謝るよ。仕事のことでちょっとイライラしてて、つい口調がきつくなってしまって……本当にごめん」

「もういいですよ。それに私にタクシーを拾える道を教えてくれたじゃないですか。もう嫌な奴なんて思ってませんよ」

「ほらやっぱり嫌な奴って思ってたんだ。ショックだなあ。ぼくが本当はいい奴ってところを見せてあげるよ。ではまず食事でもどう？　行ってみたいところとかあれば案内するよ。ところで、いつまでソウルにいるの？」

「今週末の土曜日に帰る予定です」

「けっこう長く居るんだね。何か特別な予定でもあるの？」

「仕事が少し入ってるんですが、久しぶりの長いお休みなので、ゆっくりとしようかと思って」

「そうか、じゃあ仕事が片付いたら連絡して」

そう言うと右京は華に名刺を渡した。

ジェニーはエレベーターの鏡の中から華を見ていた。

華ったら今日は二人の男性からアプローチされたわ。でも、これが恋の始まりになるかは華しだい。だいたいあんなに素敵な恋愛小説が書けるのに、なぜ自分は恋しようとしないのかしら？　過去にトラウマになるようなことも無かったし、心の鏡に映っていた過去の彼氏は素敵な人ばかり……。どの別れも爽やかだったわ。でも、爽やかに別れるっていうのは、その人のことを心から愛していなかったともとれるわね。うーん、不思議だな？　まあ作家として必死に本を書いていたから、そんな暇なんか無いといえば無かったわね。これからしばらく、華の鏡から目が離せなくなりそう。……。


次の日の朝、華は雑誌の取材を受けるため、部屋で仕度をしていた。すると、ノックの音が聞こえた。

「先生、華先生、おはようございます」

華は急いでドアを開けると、そこに立っていたのは、華の編集担当者、岩崎あやこだった。

「あら、あやちゃんどうしたの？　こんな所まで原稿を取りにきたの？」

「原稿ではありませんよ。華先生。取材とかで忙しいでしょ？　一応私は華先生の自称マネージャーですから、こちらでの仕事がスムーズに運ぶように、編集長に頼んで来させてもらいました」

華はあやこの話をニヤニヤ笑いながら聞いて、こう言った。

「そんなこと言って、あやちゃん本当はソウルに来たかったんでしょ？　だって、取材っていっても今日の午前中と明日の午後しか入ってないんだけど……」

「もう、先生ったら！　少しは当たってますけど……、本当に仕事するつもりで来たんですから。それに、今書いている作品がどれ位進んだのかも確かめに来ました」

「うーん、ここ二日は全然書いてないのよ。……というより、書けないのよねえ。編集長にはスランプって言っておいて」

「もう、そんなこと言ったら編集長に怒られますよ。書いてることにしておきましょう。それより先生、取材は十時からでしょ？　準備はＯＫですか？　あっ、メイクもっと濃くしましょう」

「そうだ、あやちゃん。私午後からは約束があるから、悪いんだけど、一人で観光でもしてくればば？　明日は十一時に来てくれればいいから」

「はーい、分かりました。じゃあ、先生行きましょうか」


　取材はとても順調に進み、二時間ほどで終わった。取材中に記者から、雑誌に華の小説を連載できないかという申し出があったが、あやこがしっかりと口を挟み「考えておく」と、やんわりと断った。この時、華は編集長がわざわざソウルまであやこを送ってきた意図が分かった。華は断るのが苦手だったので、よそで仕事を引き受けさせないように、あやこに監視させたかったのだろう。

「あやちゃんお疲れ様、やっぱりあやちゃんが居てくれて助かったわ。明日もよろしくね。ああ、それから明日の夜は何か美味しいものをご馳走するからね」

「わー、楽しみです。ところで先生、今からどちらへ？」

華は、微笑んで何も答えなかった。あやこがまだ何か聞きたそうにしている時、右京がエレベーターから降りてきて、華を見つけると、真っ直ぐこちらへやって来た。

「おはよう華ちゃん　昨日は遅かったのにもう仕事しているの？」

「ええ、もう一仕事終わりました。右京さんは今から仕事ですか？　あっ、そうだ、こちら私の担当編集者の岩崎あやこさんです。あやちゃんこちら、松田右京さんっていって、映画の配給会社のプロデューサーをなさってるの」

「初めまして、岩崎あやこと申します」

と名刺を差し出した。あやこから名刺を受け取ると、右京は自分の上着のポケットを探ったが、

「ごめん、名刺を切らしたようなので、また今度……。よろしく、松田です」

華は、挨拶をしているあやこの目がさっきからハートになっているのに気付いていて、必死に笑いを堪えていた。——その時だった、

「華さん　もう終わったんだ」

そう言いながら、ジフンが現れた。ジフンは右京が一緒にいたので少し驚いたようだった。

「右京さん　おはようございます。昨日は泊まったんですか？」

右京もジフンの登場に驚きながら答えた。

「ああ、あれからユンス夫妻と飲んでいてね。ところで二人は知り合いだったの？」

「ええ、お会いしたのは昨日が初めてなんですが、ぼくたちこれからデートなんです。もう華さんを連れていってもいいですか？　行きましょう。華さん」

そう言うと、ジフンは右京に丁寧にお辞儀をし華の手を取った。華は、右京とあやこに『じゃあね』という風に手を振り、ジフンに連れられていった。残されたあやこがぽつりと言った。

「初めて生で韓流スターを見ちゃった。ハン・ジフンってカッコイイ！　ドラマで見たままだわ」

それを聞いていた右京は、やや不愉快そうに、

「俳優なんてみんな見た目はかっこいいのさ。じゃあ、岩崎くん、またね」

そう言って歩いて行った。


ジェニーは取材中からずっと華について来ていて、あっちこっちの鏡を渡り歩きながら様子を見ていた。

――まあ、面白い。今の右京とジフンの表情ったら、まるで恋敵って感じだったわ。華は気付いたのかしら？　うーん、やっぱり気付いてないわよね。華の場合……。でも、あの二人は華に気があると思うんだけどなあ。ここはやっぱり、私が二人がどんな人物かちゃんと見ておかないとね。あっ、これは、お節介とか好奇心じゃなくて、あくまで心の鏡をクリーニングする仕事のためよ。もしかしたら、二人の心の鏡が曇っているかもしれないじゃない？　そしたら拭いてあげないと……。では、鏡を見にいきますか！　これは立派な仕事よ。

ジェニーは、誰に向かって言い訳しているんだろうと思いながら、鏡のトンネルを抜けていった。

華は、ジフンの車に乗っていた。

「ねえ、ジフンさんどこに向かっているの？」

「華さんにぼくのことを知ってもらうには、先ずぼくの一番好きな場所や好きなものを見てもらおうと思ったんです」

そして、車が停まったのは、ハンガンという川の河川敷にある公園だった。ジフンは華をベンチに案内した。

「さあ、とりあえずここでランチにしましょう」

そう言うと、ジフンは大きな紙袋からタッパーを取り出してフタを開けた。

「どうぞ、食べてください。これは、ぼくの好きなものです。のり巻きとサンドイッチ。実は、これしか作れないんですけど……」

「凄い！　きれいなのり巻きですね。サンドイッチも美味しそう。本当にジフンさんが作ったんですか？」

華は、のり巻きを一つつまんで食べると、驚きの声を上げた。

「美味しい、本当に美味しいです。お料理上手なんですね。凄く意外でびっくりしました」

「ありがとう。これで演技以外にも何かできるっていうのが一つ証明されましたね。さあ、たくさん食べてください。後で川の近くを散歩しましょう」

華は自分でも少しはしゃいでいるのが分かった。川とか海のような水辺は、知らず知らずテンションが上がる。そのせいか、ジフンとの会話がとても楽しく感じられるのだった。

「華さんは、恋人いるんですか？」

「えっ、突然どうしたんですか？」

「いや、何か気になって……当然いますよね？　だって、華さんの小説は恋愛していないとかけませんよね。けっこうリアルな部分もたくさんあるし、結婚してたりして……」

「結婚だなんて！　してません。それどころか、恋人だっていないんです。いい年なのに恥ずかしいでしょ？　この前も雪に、恋愛してない恋愛小説家なんてダメだ、みたいなことを言われました。でも、ちょっと酷くないですか？」

「本当に？　本当に恋人いないんですか？」

「恥ずかしいから、大きな声で言わないでください」

「華さん理想が高いんですか？　それとも変わった趣味を持ってるとか？」

ジフンが面白そうに聞いた。

「ただ縁がないだけです。もうやめてください。今日はジフンさんのことを知るために来たんですから、私のことは、もういいですから」

そう言うと、華は逃げるように川に向かって歩き出した。それから数時間、楽しい時を過ごし、二人は車に戻った。

「華さん、夕食はどうですか？」

「ごめんなさい。明日の取材と打ち合わせの準備がまだなので、今日はこれで失礼します」

「分かりました。じゃあ、ホテルまで送ります」

ジフンはホテルへ向かって車を走らせた。

「華さん、今日はありがとう。とても楽しかったです」

「私こそ。それに、男性が作ったお弁当を初めて食べられて感動しました。それから、ずっと気になっていたのですが、敬語はやめてください。一応年下だし、もっと気楽に接してもらったほうが……これからは〝華〟って呼び捨てにしてもらっても大丈夫です」

「分かったよ。じゃあ、そうするね、華」

「わあ、いきなりですね。でも、その方がいいです」

「それじゃあ、これで。あの……」

「ああ、本の件ですね？　それは前向きに考えてみます。でも、ジフンさんの気に入るものが書けるかどうか、保証できません。もう少し考えさせてください」

「いや、その、本じゃなくて、帰る前にもう一度会えるかな？　まだ華に見せたいものや一緒に行きたい所があるから……」

一瞬華は考えるような素振りを見せたが、にっこり笑うと、

「分かりました。ジフンさんのお仕事の合間にでも連絡ください」

と言ってホテルに入って行った。

華はホテルの部屋に戻ってから、ずっと机に座っていた。執筆しようとパソコンを開いてみた

ものの手が動かない。

――私どうしたんだろう？　ジフンさんのことばかり考えてしまう。まさか出会って二日で恋に落ちるなんて、安易すぎて小説にもならないわ。久しぶりに男の人と二人で出かけて、手作りのお弁当まで食べて、おかしくなったのかしら？　確かにジフンさんは魅力的だけど、――俳優なんだから当たり前だし、――それに今、ジフンさんは私に本の依頼をしてるんだから、優しくしてくれて当然よね。やっぱり日頃から適度に恋しとかないと、いろんな意味で免疫が無くなってるからダメね。あー、私って情けない、作家として失格だわ。


華が一人で悩んでいるところに電話が鳴った。

「もしもし、華、今日どうだったの？」

「えっ、何が？」

「もう、私が知らないとでも思ってるの？　さっき右京さんが来て華がハン・ジフンと手を繋いで出かけていったって聞いたわよ。まさかもう付き合ってるの？」

「何を言ってるの？　そんな訳ないでしょ！　昨日初めて会ったのよ。でも、ちょっと色々あって……。そんなことより、早く新婚旅行いってきなさいよ」

「だって、ユンスが忙しくて当分無理なんだもん。そうだ華、明日何してる？　どこか案内しようか？」

「あっ、ちょうど良かった。日本からあやちゃんが来てるのよ」

「あやちゃんって、担当編集者の？」

「うん、そうそう、そのあやちゃんよ。明日たぶん夕方まで仕事があると思うから、終わったら食事に行かない？　夜外出してもユンスさんは平気？」

「大丈夫よ。毎日遅いから。もし早く帰ることになっても一緒に食事すればいいじゃない」

「本当に新婚？」

「もう怒るわよ！　どこか予約しておくわ。じゃあ、夕方ホテルへ迎えにいくから」

「ありがとう。明日ね」

「ＯＫ！　明日は、ハン・ジフンのこともたっぷり聞かせてもらうから覚悟してなさい」

と言って電話は切れた。

——まったく雪ったら面白がって困るわ。華、しっかりするのよ！

と自分に言い聞かせた。


今、華とあやこはソウル庁舎の近くにある出版社に来ていた。今度、華の小説が韓国語に翻訳され、出版されることになったので、その打ち合わせのためだった。翻訳家との打ち合わせや出版記念のサイン会などこまかい日程の調整が行われた。やっと終わった頃には、もうすっかり日が暮れていた。

「華先生お疲れ様でした」

あやこが笑顔で言った。

「あやちゃんこそ、お疲れ様。翻訳してもらうのが、こんなに大変とは思わなかったわ。それに、あやちゃんって入社三年目とは思えない位しっかりしていて助かったわ。これからも頼りにしてます」

「私なんて……、先生の本が良いからですよ。私も先生のファンだから、読者の気持ちがわかるんです」

「ありがとう。こんなに身近にファンがいて、心強いわ。じゃあ、今日はたくさんご馳走しないとね。とりあえずホテルへ戻りましょう。雪が迎えに来てくれるから」

二人はタクシーを拾うとホテルへ向かった。


ホテルのロビーに入ると、待っていたのは右京だった。

「まあ、右京さん！　どうしたんですか？」

「雪ちゃんから食事に行くって聞いてね。ぼくも参加させてもらうことにしたんだ。それに、雪ちゃんがユンスと一緒に行くから、二人をホテルまで迎えに行ってと頼まれてね」

「すみません、わざわざ……。ホントに雪ったら、右京さんにまで……」

「いや、いいんだよ。岩崎くんにも会いたかったからね。さあ、行こうか」

「はいっ」

と、あやこが元気よく返事をした。

車で二十分ほどいくと店に到着した。右京は、華とあやこのためにドアを開け二人を降ろした。あやこは初めて会った時から右京を気に入ったらしく、車の中でもずっと右京と楽しそうに話していた。

店に入るとすでにユンスと雪が待っていた。三人を見つけると、雪は笑顔で手を振った。

「あやちゃんお久しぶりね。元気だった？　紹介するね、夫のチェ・ユンスよ」

「初めまして。岩崎あやこです。遅くなりましたが、ご結婚おめでとうございます。雪さん、すごく素敵な旦那様ですね。私ソウルに来てから素敵な人ばっかり会っている気がします。こっちで転職しようかなあ？」

「その時は紹介しますよ。初めまして、チェ・ユンスです。よろしく」

華が可笑しそうに言った。

「ユンスさんどっちを紹介するの？　仕事？　彼氏？」

「どっちもだよ。もちろん華ちゃんにも紹介するよ」

他愛もない話をしながら五人は楽しく食事していた。しばらくすると、ざわざわと騒がしい団体が店に入ってきた。すると、その中の一人が華たちのテーブルに近づいて来た。

「チェ社長、松田プロデューサーもこんばんは」

やって来たのは、仕事関係の知り合いのようだった。韓国語だったので、華とあやこには、さっぱり分からなかった。あやこが団体の方をみながら華にひそひそと話しかけた。

「先生、あそこにいる人ドラマでよく見る女優さんですよ。キム……何とかって言う。ほら、あの人もよく見ますよ。あっ、あの人も……。このお店凄いですね。芸能人ばっかりですよ」

「だって、ユンスさんは映画の配給会社の社長なんだから、芸能人の知り合いもいっぱいいて当たり前よ。ところで、あやちゃんはいつ帰るの？」

「明日の午後一の便です。先生は土曜日まででしたよね？　月曜日に会社で打ち合わせがあるので、よろしくお願いします。時間はメールしておきます」

「ええ、よろしくね」


「こんばんは。偶然ですね」

華がその声に振りかえると、ジフンだった。ユンスもすぐに振り返った。

「ジフン、一昨日は式に来てくれてありがとう。改めて紹介するよ。妻の雪だ。それと、妻の親友の立花華さん、日本の出版社の岩崎あやこさんだ」

「こんばんはジフンさん、雪です。よろしくお願いします。それに、華もよろしくお願いします」

そう雪が言うと、慌てて華が言った。

「雪ったら何を言ってるのよ。ごめんなさい、ジフンさん。あっ、昨日はどうもありがとうございました」

華の言葉を聞いて、ユンスが不思議そうに華と雪、ジフンの顔を見た。

「君たち知り合いだったの？」

そこへ今度は不愉快そうな右京が口を挟んだ。

「二人は昨日デートしたらしいよ。ジフン、マスコミには気を付けろよ。まあ話題になると映画は人が入るけど……」

ユンスはおかしな空気が漂っているのを感じ、

「ジフン、また今度一緒に食事しよう」

と言うとジフンも、

「ええ、ユンス社長、じゃあ、ぼくはもどりますので……。華　後で連絡するよ。じゃあ」

丁寧にテーブルのみんなにお辞儀をするとジフンは自分の席に戻って行った。雪が驚いたように言った。

「華、ジフンさん今華って呼び捨てにしてたわ。凄い、もうそんな関係なの？　ちょっとどうなってるのよ？　正直に白状なさい！」

「別に深い意味はないのよ。私の方が年下なんだからいいじゃない。それに、ちょっと事情も……」

「何？　事情って？　いいから話しちゃいなさいよ」

全員が華に注目して、華が話すのを待っている。華は言いにくそうに話し始めた。

「実は、素顔のジフンさんを主人公にした原作を頼まれてるの。でも、私ジフンさんのことを何も知らないから、少し一緒に過ごして、ジフンさんのことを知ってから書こうと思って……」

そこで大声を上げたのは、あやこだった。

「先生！　ジフンさんのために映画かドラマの原作を書くつもりなんですか？　だめですよ！　簡単に引き受けたら。先生の本が欲しい人はいっぱいいるんですから」

「でも、はっきり返事した訳じゃないの。書けるかどうかも分からないし」

困った顔をしている華を見ながら右京も話し出した。

「華ちゃん　ぼくたちだって原作が欲しいよ。なあ、ユンス？　今君はすごく人気があるし、今度翻訳されてこっちで出版されたら、きっと他の会社も目をつけるに決まってるよ」

「そうなの？　右京さん。華ってすごいの？　もしかして、ユンスも華の本狙ってたの？」

「狙ってたって言い方は正しくないけど、それはぼくだって華ちゃんとは仕事したいと思ってるよ。その話は今度ゆっくり会社に来てもらってしよう。今日は楽しく食事しよう。さあ、もう一度乾杯しよう」

華はさすがユンスは大人だと思った。それに比べて右京の態度の悪さに呆れていた。

――右京さんはジフンさんが嫌いなのかしら？

ジェニーはお店に掛かっている鏡から様子を見ていたが、右京とジフンのことを複雑な思いで見ていた。それは、ジェニーが二人の心の鏡を見てしまったからだった
ジェニーの仕事は鏡を拭くこと。それ以外は何もしてはいけない。それは充分分かっているのだけれど、放ってはおけない鏡を見てしまったのだ。それは、右京とジフンの心の鏡。二人の鏡は同じような曇りかたをしていた。どちらも深い孤独が溢れていた。孤独で曇っている鏡は、ジェニーが魔法のクロスで拭いてもピカピカになることはない。根本的な孤独を取り除かない限り、鏡の輝きは取り戻せない。いくら鏡の精でも、孤独を取り除くことは不可能なのだ。右京は過去

の出来事が原因で、それ以来ずっと孤独に支配されているし、ジフンの方は、芸能界で味わった裏切りや嫉妬が、いつしか心の鏡に孤独の影を落としてしまったのだ。プロデューサーと俳優。二人とも華やかな場所にいる人たちなのに……。

——でも、二人の鏡には華が映っている。きっと華の心の鏡の輝きが、孤独の鏡を照らしているんだわ。二人とも華の心の鏡に知らない間に惹きつけられているんだわ。それにしたって、いくら華の鏡が輝いていても、孤独の鏡を二つとも照らすことは無理よ。

これは様子を見守るしかないわね。ややこしい展開にならなければいいけど……。

ジェニーは心配していた。

五人は食事を終え外に出た。

「今からどうするの？」

雪が華に聞いた。

「あやちゃんと東大門《トンデムン》にお買い物に行ってから、垢すりに行こうと思ってるの。あやちゃんは明日帰るから、今日中に色々連れて行ってあげたくて」

「送っていくよ」

右京が言った。

「大丈夫、タクシーで行けるから。それに、右京さんたちは明日も仕事なんだから。じゃあ、これで。ユンスさんご馳走さまでした。雪、明日電話するね」

次の日の朝早く華の携帯が鳴ったが、華はぐっすり眠っていて気付かなかった。昨日は夜中まであやこと出かけていたので、華はそのままお昼まで眠り続けた。

ようやく目覚めた華は、時計を見て驚いた。そして急にあやこのことが気になり電話してみると、

「あやちゃん、おはよう。今どこにいるの？」

「華先生？　今起きたんですか？　私はもうとっくに空港にいますよ。もう少ししたら飛行機に乗ります」

「よかったぁ、あやちゃんまで寝坊してたらどうしようかと思ったわ。じゃあ気をつけてね。また日本で」

あやこの電話を切ってから、華は雪に電話をかけた。

「おはよう雪、昨日はありがとう」

「もうお昼よ。今まで寝てたの？　そうだ、今日は何か予定ある？」

「いいえ、今日は特に何もないわ」

「実は、ユンスが華に仕事のことで話がしたいそうなの。もし、華さえ良ければ会ってあげて。でも、無理に仕事を引き受けなくてもいいからね。私の夫だからって気を使わないでよ」

「うん、分かった。ユンスさんの会社に行けばいい？」

「ありがとう。じゃあ、私が迎えに行ってあげるわね。華って方向音痴だから、きっと迷子にな

るから。家で心配しているより、その方が安心だもん。話が終わったら、どこかに遊びにいこうね。じゃあ、ホテルに着いたらまた電話するね」

電話を切り、雪が言っていた迷子という言葉で右京と初めて会ったときのことを思い出した。

――右京さんて変わった人よね。それに何かいつも突っかかってきて、意地悪な言い方をするのよね。いくら最悪の出会いだったからって、私のことそんなに気に入らないのかしら？

華は独りごとを言うと、はあーと大きなため息をついた。


ジェニーは大きなため息を鏡の中で聞いていた。

――あーあ、右京はすっかり相手にされていないわね。そりゃあ、ジフンの方が優しいし、女心をくすぐるのは断然ジフンの方よね。右京は相当頑張らないと難しいわ。

今度はジェニーがため息をついた。


雪からホテルに着いたと連絡があったので、華は急いで玄関まで降りていった。

「華、こっちよ」

雪が車の窓を開けて手を振っている。

「ごめん、遅くなって。ところで運転は大丈夫なの？」

「大丈夫よ。もうすっかり慣れたわ。それに私は華と違って道を覚えるのも早いしね」

「どうせ私は重症の方向音痴ですよ」

「それより、ジフンさんのことはどうなの？　付き合うことにしたの？　正直に言ってよ」

「正直も何も、まだ知り合ったばかりだし、よく分からないけど……」

「けど……って何？　やっぱり気になってるんだ。なんとなくそう思ってたのよ。いつもだったら慎重なのに、いきなりデートまでしちゃって。そうか、そうよね」

「いやだ、一人で納得しないでよ。私はただ良い本を書こうと思ってるだけよ。それに、雪が考えているようなことをジフンさんは考えてないわよ」

まあ、華ったら、やっぱりジフンさんのこと気になってるんじゃない。私が考えているようなことって？　華も同じこと考えてたんでしょ？　私を甘く見ないでよ。華と何年付き合ってると思ってるの」

雪の圧倒的な迫力に華は怒られた子供のようにシュンとなってしまった。

「やっぱり雪にはかなわないわ。そうよ、正直なところ今はジフンさんのことが気になって仕方ないの。初めは仕事のためだったけど、一緒にいると楽しくて……。でもね、ジフンさんは私に本を書いてもらうために、自分のことを私に知ってもらおうと一生懸命接してくれているだけなのよ。だから私もそこら辺は割り切って付き合わなきゃって思ってる」

華の話を聞いて、雪が呆れた顔をして話し始めた。

「だから華はダメなのよ。ジフンさんの接し方をみていたら、普通じゃないことぐらい直ぐ分かるでしょ？　あの態度はどう見ても華のことが好きよ。もう華ったら相変わらず鈍いんだから。まあ、それが華のいいところなんだけど……あまり深く考えずに迷うくらいなら前に進みなさい。

立ち止まらずに自分の気持ちに素直に行動してみなさいよ。さあ、そろそろ着くわ」

二人は地下駐車場に車を停めるとエレベーターに乗り、ユンスのオフィスへ向かった。

オフィスでは、ユンスと右京が待っていた。雪は近くのカフェで待っているから終わったら電話して、と言って出て行った。

「華ちゃん　わざわざ呼び出してごめんね。早速だけど仕事の話をさせてもらうよ。右京から今回のコンセプトを説明するからとりあえず聞いて」

すると、右京は華にファイルを手渡して説明を始めた。仕事をしている時の右京はまるで別人のようだと華は思った。

――なによ！　ちゃんと話せるじゃない。態度も真面目で紳士的だし……どうしてこんなに普段とギャップがあるのかしら？

華は説明の内容よりも右京に興味が湧いてしまい、せっかく右京が一生懸命話しているのに全く頭に入らなかった。

「……ということで、華ちゃん　僕達のコンセプトは理解してもらえたかな？」

右京にそう言われ華は少々たじろぎながら、

「ええ、大体は分かりました。でも、コンセプト通りの作品に仕上がるかどうか……ホントこんな言い方をしたらプロ失格なんですけど、作り過ぎるのって好きじゃないんです。私はいつも書く時、登場人物一人ひとりに魂を吹き込むんです。そしてそれは登場人物の個性になっていき、会話が生まれストーリーが展開していくんです。私はその人たちの声を聞きながらストーリーを進めていくんです。だから最初から色々な制限をつけると、その人たちが自由に動けなくて、つまらなくなってしまいそうで……」

ユンスは感心したような目で華を見て言った。

「だから華ちゃんの本はすごく自然で、読んでいると直ぐに頭に映像が出てきて登場人物の会話を隣で聞いているような気分になるのか。並の作家の書き方とは違うね」

ここで右京が口を挟んだ。

「それはそれで素晴らしいことだとは思うけど、プロならプロらしく提示されたコンセプトに沿ってストーリーを展開していくっていう技術があってもいいんじゃない。素人みたいに自分の好きなことだけ書くだけでは駄目だよ。プロになったらいつまでも我がままは通らないし、色々なオファーに対して柔軟に書けるようにならないと、作家として長く続かないと思うよ」

ユンスが慌てて右京の腕を引っ張った。

「右京、そこまで言わなくても華ちゃんだって分かってるさ。華ちゃん今日はありがとう。もう一度、資料を見ながら考えてみて、後日また話し合おう。僕たちももう一度見直すから。では、雪の待ってるカフェまで誰かに送らせるよ」

「いいえ、私こそ生意気なことを言いました。私もこのコンセプトで検討してみます。じゃあ、失礼します」

そう言うと華は右京の方は見ずに出て行った。

「お待たせ、雪」

「あら、随分早かったのね。もっと掛かると思ってたのに。話はどうだった？」

「後でゆっくり話すわ。それより今はこの怒りを鎮めるために、美味しいワインが飲みたいわ。雪どこか連れて行って」

雪は華の興奮している態度に驚きながら、華の言葉に従って車を取りに行った。


数十分後、二人は雪の家の近くにあるイタリアンレストランに来ていた。

「華、どうしたの？　車でもずっと黙ってるし、何かあった？」

「ごめんね。私何であんなに腹が立ったんだろう？　右京さんの言ってることは当たり前で、怒るようなことじゃないんだけど……」

「右京さんに何か言われたの？　あの人言い方はキツイときあるけど、そんなに人を傷つけるようなことは言わないと思うよ」

「ううん、別に酷いことを言われたわけではないの。私が甘い部分を指摘されて、それがすごくもっともで、何の反論もできなかったから、……勝手に怒りが込み上げただけなのよ。何かユンスさんにも気まずい思いをさせてしまったみたいで申し訳ないわ」

「大丈夫よ。ユンスはそんなこと気にしないから。さあ、飲みましょう。今日は私の家に泊まればいいから」

華も雪も調子よく飲んでいて、二本目のワインが空こうという時に華の携帯が鳴った。

「あら、ジフンさんからだわ。こんな時間に何かしら？　もしもし、ジフンさん」

「遅くにごめん。今大丈夫？」

「ええ、大丈夫です」

「もしかして、酔ってる？」

「雪と一緒に食事してるんですけど、そんなに飲んでないんですけど、少し酔ったかも……」

「雪さんと二人なの？　今どこにいるの？　もし良ければ僕もそっちに行ってもいい？」

「ええ、いいですよ。一緒に飲みましょう。場所は……ちょっと雪に替わります」

　雪はとまどいながら電話を受け取った。

「もしもし、こんばんは。えっ、ここの場所ですか？　カンナムの私の家の近くなんですが……」

　雪は場所を説明すると電話を切った。

「ねえ、華。どうなの？　何か心配で迎えにくる彼氏って感じだったけど」

「彼氏なんて、そんなこと言ったらジフンさんに失礼よ。雪は言ったよね、あまり深く考えないで前に進めって。もうすぐジフンさんも来るから、もう一本頼んで」

「もう華ったら、本当に酔ってる？　でも、まあいいわ……。華には少し強引に引っ張ってくれる人が必要だと思ってたのよ。すみません、同じワインをもう一本いただけますか」


　三十分ほどして、ジフンが店にやって来た。雪も華もすっかり酔っていて、何だかとても楽しそうにジフンには見えた。一瞬、二人の邪魔をするのも悪いかとは思ったが、このまま酔った二人を放っておくこともできないので、ジフンは二人のテーブルに行った。

「こんばんは、ずいぶん盛り上がってますね。何かいい事でもあったんですか？」

「あら、ジフンさん　さあ、華の隣へどうぞ。ジフンさん、お酒って良い事があった時にも飲むけど、そうじゃない時にも飲むでしょ？」

ジフンのグラスにワインを注ぎながら雪が言った。

すると、ジフンが困ったような顔をして聞いた。

「何かあったんですか？　もしかして、僕何かしましたか？」

「あっ、ごめんなさい。ジフンさんのことではないのよ」

「もう、雪ったら！　いきなりジフンさんを脅かさないで。ジフンさん、雪の言うことなんて気にしなくていいですよ」

それでもジフンは心配そうな顔で、

「でも、何かあったんじゃ……」

「ジフンさんって、本当に素直な人なんですね。さあ、飲んでください」

雪はニコニコしながら、ジフンにワインを勧めた。

『なかなか性格も良さそうだわ。彼なら華を任せても安心かもしれないわ』雪は母親のような気持ちになっていた。

それから三人は楽しくワインを飲んだ。そろそろ真夜中に近づき、店員が閉店を知らせに来たので店を出た。

「ジフンさん　ご馳走様でした。お返しに今度家に来てくださいね。うーんとご馳走しますから」

「いいんですよ。あっ、雪さん、車はここに置いていきましょう。タクシーを呼んできますから、ちょっと待っててください」

そう言うとジフンは通りの方へ歩いていった。

「ねえ、華、ジフンさんっていい人ね」

「うん、そうでしょ？　何かとても自然で一緒にいても重く感じないって言うか、とにかく昔から知ってる人みたいな感じなのよ」

「いいよね、そういうの……私もユンスと出会った時、そんな風に感じたわ。華頑張りなさいね」

華は照れたように頷いた。

しばらくして、ジフンがタクシーを拾って戻ってきた。家の近い雪を先に送り、その後、華のホテルまで向かうことになった。華のホテルの近くで二人はタクシーを降りた。ジフンの提案で酔い覚ましに少し歩くことにしたのだ。真夜中を過ぎていたので、ホテルへと続く道には殆ど人がいなかった。

「華、大丈夫？　気持ち悪くない？」

「大丈夫です。今とっても気分がいいんです。ジフンさんは？」

「ぼくもとっても気持ち良いんだ。ねえ、気づいてる？　ぼくたち結婚式で会ってから、毎日会っているんだよ」

「そういえば、昨日も偶然ですけど会いましたね。今まで全然知らない人だったのに、不思議ですね」

「今だから言えるけど、ぼく最初華に会った時、すごい遊び人だと思ってたんだ。だって、恋愛小説なんて書こうと思ったら、自分もたくさん経験していないと書けないと思ったんだ。でも、本当の華はとても真面目な人みたいで驚いたよ」

「真面目な人みたいじゃなくて、真面目なんです。ジフンさんだって、俳優って、もっと派手で遊んでる感じがしたんですけど、意外と地味で料理なんかもできるし、びっくりしました。ジフンさんの彼女って幸せでしょうね。うらやましいわ」

「彼女なんていないよ。今まで仕事で精一杯だったから、誰かに優しくしてあげる余裕なんてなかったよ。でも、今やっとその余裕ができたみたいなんだ……」

そう言うと、ジフンは華の正面を向いて立ち止まった。ジフンが急に自分の正面に来たので、華は少し驚いて一歩後ずさった。

「華、まだ四回しか君に会ってないし、ゆっくり話せたのは一回だけだけど、ぼく、華のこと好きなんだ。君のこともっと知りたい、もっと側にいたいって思うのは愛してる証拠だろ？　突然こんなこと言われて困るかもしれないけど、華にはぼくの気持ちを知っておいて欲しいんだ。そして、ぼくのことを見て欲しいんだ。――できれば、少しずつで構わないから好きになってもらえれば嬉しいんだけど……」

真剣な表情で話すジフンを見ながら華は夢でも見ているような気持ちだった。答えようと思っ

ているのだが、言葉が頭の中をぐるぐる駆け巡るだけで、口から出て来ない。ずっと立ち尽くしている華を見て、

「ごめん。そんなに驚かれるとは思わなかったよ。すぐに答えなくても大丈夫だよ。さあ、行こうか」

ジフンはそう言うと再び歩きだした。

結局華はジフンに何も言うことができなかったが、ジフンは笑顔でホテルまで送ってくれた。華はホテルの部屋に入ると、すぐバスルームへ行き、顔を洗った。そして、鏡の前のスツールに座りながら鏡に映っている自分と話し始めた。

「もう、何やってるの！　何も答えられないなんてバカじゃない！　いい年して何やってんのよ！　今まで小説書いてきて、ああいう時の気の利いた台詞はいっぱい書いてきたでしょ？　全然実生活に役立たないなんて！　でも私、何て答えたかったのかしら？　私だってジフンさんのこと気になってたのに……あんな風に言われたら嬉しいはずなのに……いいえ、驚きの方が大きくて……あー、どうしよう？　明日ちゃんと電話するのよ！」

華が鏡に向かって話している時、当然鏡の向こうにはジェニーがいた。

――華ったら大分動揺してるわね。考えてみれば仕事ばっかりしてたから、プライベートは殆ど無かったも同然だったものね。――心配だから華の心の鏡を見に行こう。

華が鏡の前で独りごとを言っている時、右京はまだ会社にいた。映画の試写をしていると夜中になることは、そうめずらしいことではない。もちろんユンスも一緒だった。右京は試写室から出るとユンスに話しかけた。

「あのさ、今日の華ちゃんとのミーティングだけど、俺言い過ぎたかな?」

「そうだな、少し言い過ぎかもしれないな。華ちゃんの本は自然なあの純粋さがいいと思うんだ。プロらしくないいかもしれないけど、好きなように書かせてあげる方が良い物ができるんじゃないかな。もちろん映画の趣旨は理解した上で書いてもらわなくてはいけないけど」

「ついついヒットする映画を作ろうと思って、完全にビジネスの視点で彼女に色々と要求してしまった」

「右京は正しいよ。ただ、彼女に対してはそのやり方は通用しないってことだよ。華ちゃんだって分かってるよ。もう気にしてないんじゃないかな。ついさっきまで、うちの奥さんと飲んでたみたいだよ。二人でかなり飲んだらしくて、ジフンがわざわざ迎えに来て、うちの奥さんと華ちゃんを送ってくれたらしい。あの二人付き合ってるのかなあ?」

「そんなの雪ちゃんに聞けよ。俺には関係ないから。じゃあ、帰るよ。お疲れ」

この右京のぶっきら棒な態度にユンスはやっと気づいた。

――右京のやつ華ちゃんに気があるな。ジフンの名前が出た途端に不機嫌になった。分かり易い奴だな。

ユンスは右京と十年以上付き合っているが、女性に反応している右京を見るのは初めてだった。

でも、いい傾向だとユンスは思った。――お姉さんを亡くしてから表に感情を出すことがあまり無かったから……。

右京の姉は、もう随分前に亡くなっていた。右京の姉、松田和美《かずみ》は右京より十歳年上で、大学の国文学科の講師をしていた。読書が好きで家には本が溢れていた。姉の影響で右京も小さい頃から本が大好きで、子供の頃はよく姉に本を読んでもらっていた。

姉の和美は地元の高校を卒業すると、東京都内にある大学へ進学した。そして、そのまま大学院に進み、教授に誘われて講師となって大学に残った。

右京も高校を卒業すると、東京都内の大学へ進学し、姉と一緒に暮らしていた。その頃、ユンスと大学で出会い、和美は留学生であるユンスを弟と同じように可愛がり、よく食事を作ってご馳走していた。

そして、右京が大学を卒業する年のことだった。和美の体に異変が起こったのは……。和美はすい臓癌に侵されていた。しかも、和美が病院で検査を受けた時にはすでに末期の状態で、他の臓器にも癌細胞が転移していて医師も手の施しようがなかった。和美は一人で医師から告知を受けて余命がいくらもないことを知らされた。

その時、和美には恋人がいたが、何も知らせずに別れてしまった。恋人は突然の別れに納得がいかず何度も和美を訪ねたが、結局和美の口から病気の話は出なかった。勿論、一緒に暮らしている右京の所へも恋人はやって来たが、その時の右京は何も知らず、別れの原因は誰にも分からなかった。

——和美は両親にも弟である右京にも最後まで病気のことは話さなかった。

よく考えれば、あの時普段は決して休まない大学を休み、両親を旅行に連れていったり、マンションや実家に置いてある本を整理したりと変わったところはあったのだが、誰も和美が病気だとは夢にも思わなかったのだ。

その頃、右京は卒業制作でユンスたちと映画を撮っていたので、とても忙しく何日も家に帰らないことが多かった。そして、久しぶりに和美と一緒に暮らすマンションに帰った時だった。昼間なのに和美がベッドで寝ていた。様子を見ると苦しそうだったので、右京は心配になり病院へ行こうと言ったのだが、ただの風邪だから寝ていれば治ると言って、病院へ行こうとしなかった。

右京は和美の言葉を真に受けて、そのまま和美を残してまた出かけていったのだった。

次の日、右京が家に帰った時には、和美の意識はすでになく、慌てて救急車を呼んで病院に運んだ。その時初めて医師から和美の病気のことを知らされたのだった。

——そして、入院してからあっと言う間に和美は逝ってしまった。

右京に残ったのは姉との楽しい思い出と後悔だった。姉がたった一人で癌と知らされ、余命を宣告された時、どれ程辛かっただろうと思うだけで胸が潰れそうなほど痛んだ。誰にも弱音を吐かず、最後まで笑顔でいた姉をすごいと思ったが、なぜ気づいてあげなかったのか、なぜ言ってくれなかったのか、そんなに大切なことを言ってもらえないほど自分は子供だったのかと思うと誰に対してか分からない怒りが込み上げてくるのだった。

右京は大学を卒業すると、決まっていた就職先を断り、バックパック一つで世界中を放浪する生活を二年間続けた。その後、ユンスの強い誘いもあって、ユンスの父が経営している映画の配給会社に勤めることになり、今ソウルに住んでいる。右京にとって姉といた東京よりも、ソウルで仕事をする方が幾分気持ちが和らいだ。

ユンスは右京に姉に対する罪悪感からそろそろ開放されて欲しいと思っていた。右京に幸せになって欲しいと心から願っていた。

華は朝早くから起きていた。……と言うよりも昨日ジフンに告白されて、一睡もできなかったのだ。華はジフンにホテルまで送ってもらった時に、封筒を渡されたのを思い出して、開けてみた。中には試写会の招待状が入っていた。ジフンが主演した映画の完成披露試写会が明日の夜行われるようだ。

——そう言えば、雪さんと是非来てくださいと言って渡されたんだったわ。でも、何か気まずいなあ。でも、行かないのも変だし、どうしようかなあ？　やっぱり雪に相談しようかなあ？

華は、躊躇いながらも雪に電話をかけた。当然雪はまだベッドの中にいた。

「もしもし、雪、起きてる？」

「何？　まだ起きてないわよ。あんなに飲んだのに、どうしてそんなに元気なの？　それに、こんなに早くから一体何？」

「話があるの。どうしても聞いて欲しいの」

「うん、分かった。けど、私外出できる状態じゃないから、家まで来てくれる？　あっ、来る時に華のホテルの前にあるお粥屋さんで、お粥買ってきてね」

「分かった。ちゃんと二日酔いのドリンクも買って行くから。じゃあ、後でね」


お昼前に華は雪の家にやって来た。チャイムを押すと出てきたのはユンスだった。

「いらっしゃい華ちゃん。昨日は失礼したね。さあ、どうぞ」

「いいえ、私の方こそ　すみませんでした。雪は大丈夫ですか？　遅くまで付き合わせちゃってごめんなさい」

「いや、いいよ。ぼくも帰って来たのは夜中だったから。ぼくもう出掛けるからゆっくりしていって。あっ、それと右京のことだけど、あいつちょっと言い過ぎたって反省してたから、許してやってよ。仕事熱心なだけなんだ」

「分かってます。それに右京さんの言った事は当たり前のことだし、私もちゃんと考えなきゃって思ってましたから」

ユンスと華が話しているところへ雪が現れた。

「じゃあ、ぼくは行くよ。華ちゃんまたね」

「華、ちょっと待ってて、ユンスを送ってくるから」

雪はユンスと手を繋ぎ、玄関へ向かっていった。華は幸せそうな雪の様子を見て、少し羨ましく思った。華がボーっと待っていると、

「お待たせ、今コーヒーいれるわね」

雪が見送りから戻ってきた。

「あっ、これお粥とドリンクよ」

「ありがとう。後で一緒に食べましょ。それより、話って何？　朝の電話の声、何か切羽詰まってたけど、昨日あれからジフンさんと何かあったんでしょ？」

華は昨日のことを全部雪に話した。そして、試写会に行くべきかどうかも……。

「勿論行かなきゃダメよ。だって、華もジフンさんのこと好きなんでしょ？」

「それが、はっきり分からないのよ。気にはなるんだけど、それが好きなのかどうか……」

「今になって何を慎重になってるのよ。ジフンさんはいい加減な人じゃないと思うわ。ゆっくりでいいって言ってくれてるんだから、華もその誠意に対して少しずつでも答えてあげなきゃ。明日一緒に行ってあげるから。さあ、そうと決まったらドレスを買いに行きましょう。仕度してくるわ」

そう言って階段を駆け上がる雪に向かって華は言った。

「ありがとう。でも、二日酔いは？」

するとと大声で、

「忘れちゃったぁ」

と声がかえってきた。

金曜日の夜、華は雪と一緒に試写会の会場に向かった。会場に着き、車を降りると赤い絨毯が敷いてあり、ハリウッドを思わせる作りになっていた。華と雪が会場に入ろうとすると、二人に向けてカメラのフラッシュがたくさんたかれた。華も雪も驚いたが、二人は直ぐに笑顔を作ってみせた。本人たちに自覚は無いが、華は人気作家で、雪は有名な配給会社の社長婦人で、最近派手な結婚式を挙げたばかりなので、ちょっとした有名人になっていた。

二人がやっとのことで席に着いたとき、映画が始まった。ジフンの映画はとても悲しいラブストーリーで、主人公のジフンが死んでしまうシーンでは誰もが涙を流していた。

映画が終わり、ジフンたち出演者たちが舞台に出て挨拶をした。華は俳優としてのジフンの演技力の素晴らしさに感動していた。

試写会後は会場がパーティー会場へと変身した。華はジフンに映画の感動を伝えようと思ったが、人が多くてなかなかジフンの所まで行き着けない。そうしているうちに、相手役の女優とジフンが報道陣に囲まれているところに出くわした。すると、報道陣からその女優とジフンが、付き合っているのかとか、すでに婚約しているのかという質問が飛び出した。

――その時だった、女優の方が照れたような笑顔を造り、恥ずかしそうに言った。

「皆さんのご想像にお任せします。でも、今とても幸せです。どうか邪魔しないでくださいね」

その言葉に報道陣たちは一気に騒がしくなった。ジフンにも質問していたが、ジフンは一言も答えず、スタッフに連れられていった。

華は驚きを隠せない様子のまま雪に聞いた。

「ねえ、今の質問って、二人が婚約しているかだったよね？　それで女の人が、『とても幸せです』って答えたのよね？　韓国語だから全部分からなかったけど、私が聞き取れたところに間違いはないわよね？　ジフンさんも否定してなかったわ……」

「でも華、肯定もしてないわ。きっと映画の宣伝のための話題作りよ。だって、ジフンさんは昨日華に……」

「雪、悪いけど先に帰るわ。後で連絡するね」

華がそう言って帰ろうとした時、ユンスと右京がやって来た。

「やあ、二人とも映画はどうだった？　これから四人で食事でもどう？」

ユンスが言うと、華が
「ごめんなさい。私はこれで失礼します」

そう言って行ってしまった。横にいた右京はひとことも言葉を掛けられなかった。

「雪ちゃん、華ちゃんどうかしたの？」

右京に聞かれ、雪は今、目の前で起こったことを話した。すると、右京が、

「ごめん、俺もちょっと急用を思い出したから」

そう言って、走っていった。

右京は華を捜していた。人が多くてなかなか見つけられなかったが、やっと会場を出たところで華の姿を発見した。華はタクシーに乗ろうとしているところだった。

右京は大声で華の名前を呼び、タクシーに乗るのを止めようとしたが、華は右京の方をチラッと見て、そのまま乗ってしまった。右京は諦めずに自分の車を取りにいき、華のホテルへ向かっ

た。そして、ホテルのエレベーターホールでやっと華を捕まえた。

「華ちゃん　何で逃げるの？」

「ごめんなさい。別に逃げた訳じゃなくて、一人になりたかったの」

「ちょっと話そう」

右京は半ば強引に華をホテルの地下にあるバーに連れていった。席に着くと右京はいきなり話し出した。

「聞いたよ、ジフンのこと……。ジフンは、あの女優と付き合ってないよ。ただ、あの女優はジフンのこと好きみたいだけど……。でもね、あの場で否定したら映画に対して悪い印象を与えるし、あの女優にも失礼だから、ジフンは黙っていたんだと思うよ」

「でも、そんなこと……いくら共演者だからって、婚約してますみたいな紛らわしいこと言ってもいいんですか？　実際に何かあるから、あの女優さんもあんな風に言ったんじゃないですか？　何も無くてあそこまで堂々とできますか？」

華は静かな怒りを込めたような口調で右京に反論した。

「華ちゃん　それが芸能界なんだよ。普通の感覚ではできないようなことも平気でやってしまう、そういう所なんだよ。ジフンのこと好きなの？　だったら、こんなこと日常茶飯事だよ。華ちゃんが慣れるしかないんだよ。芸能人と付き合うっていうのは、それなりの覚悟が必要になってくるんだよ。……ぼくは華ちゃんにそんな風になって欲しくないけど」

華は右京の言葉に何も言えなかった。右京はしばらく他愛もない話をして華の気持ちをリラックスさせた。華も右京と話しているうちに、さっきまでの深刻さが段々消えていった。

——右京さんって、本当は優しい人なんだわ。私がショックを受けているのを知って、追いかけて来てくれたんだわ。取ってつけたみたいな励まし方はせずに、私の心が軽くなるように気を使ってくれているのが分かるもの。右京さんのお陰で少し楽になったかも……今まで誤解していたのかも知れない……、
そこまで考えた時、最初に右京に会った時から気になっていたことを思い出した。

「右京さん、一つ聞きたいことがあったんですけど、初めて右京さんに会った時、ほら、道に迷った時ですよ。あの時、本を持っていましたよね？　あれ『人として……』っていう詩集ですよね？」

右京は驚いた顔で聞いた。

「どうして知っているの？　あの本は自費出版されたもので、本屋では売ってないけど」

「やっぱり、そうですよね。私も持っているんです。本の作者は私の大学の先生だったんです。そして、その先生が私に小説を書くことを教えてくれたんだす。あの先生がいたから私、小説家になれたんです。私が最も尊敬する大好きな先生だったんです。でも、もういらっしゃらなくて……相談したいことがたくさんあるのに、もう聞いてもらえないんです」

寂しそうに話す華の横顔を見ながら、右京はグラスを持った手を宙に浮かせたまま固まっている。華は右京のリアクションが普通でないことに気づくと、

「右京さん　大丈夫ですか？」

やっと平静を取り戻した右京は静かに答えた。

「あの本を書いたのは、ぼくの姉なんだ。ぼくにとってあの本は姉の形見のようなものなんだ」

「本当ですか？　先生の弟さん。そう言えば、先生から聞いていました。とてもやんちゃな弟がいるって。私に是非紹介したいから、家に遊びにおいでって誘われていたんです。――それが右京さんだったんですね。じゃあ、私たち本当はもっと前から知り合いだったんですね。何か不思議な巡り合わせですね」

「そう、姉のことを家族以外にも覚えていてくれる人がいたんだ……」

右京はそう言うと、その後は、無言になってしまった。華は亡くなった人の話はやっぱり辛いのだと察し、話を切り上げることにした。

「右京さん。今日はありがとうございました。私そろそろ部屋に戻って、明日の帰国の準備をします」

「そうだね。行こうか。そうだ、今度はいつソウルへ来るの？　仕事のこともあるし、またゆっくり話をしたいんだけど」

「分かりました。予定が決まれば連絡します。急ぎの時は、メールでも電話でもしてください」

二人はエレベーターの前で別れた。

華は部屋に戻ると、バスルームの鏡の前のスツールに座り込み、まるで鏡の中のジェニーが見えているかのように話し始めた。

「こんなの私らしくないわ。私はストーリーを考えて書く作家なのよ。なのに本に出てくるヒロインみたいな気分になちゃって……それにジフンさんとは出会ったばかりで、まだ何も始まってないのに、何でこんなに傷ついているんだろう？　そうよ、まだ傷つくことなんてないのよ。私ってバカみたい。右京さんの言う通りよ。今の私には何の覚悟もない。最初から無理だったのよ。もう止めよう。本来の自分に戻って、仕事に専念しよう」

華はひとしきり話し終えるとシャワーを浴びた。

鏡の向こうでジェニーはため息をついていた。

——あーあ、せっかく華に恋して欲しかったのに、また諦めちゃったわ。でも、私は華に何も言ってあげられないし……。それにしても、ジフンったら何も言ってこないなんて、あんまりよ！　あの時、華に気づいていたはずなのに……。それともジフンの心の鏡が孤独に負けて曇ってしまって、華のこと諦めてしまったのかしら？　とりあえずジフンの様子を見に行こう。

ジェニーは慌てて鏡のトンネルを抜けていった。

次の日、華は予定より早い便に乗ることにした。航空会社に電話すると、ちょうど早い便が空いていたので、変えてもらったのだ。

華は空港へ向かうリムジンの中で、景色を見ながら思っていた。

——この一週間は何も無かったことにしよう。雪の結婚式に来て、少し仕事をして、それ以外は何も無かった。全部忘れよう。これからも仕事で度々ソウルには来ることになる。この一週間の出来事さえ忘れてしまえば、ソウルに来ることに何の気まずさも感じないはずだから……。

華がリムジンに乗っている頃、ジフンは華のホテルへ向かっていた。昨日のことを華に説明するためだった。ジフンは記者に囲まれている時、何の否定もしなかった自分の態度を恥じていた。もう華に会わせる顔が無いと落ち込んでいた。――その時、部屋の壁にある鏡がキラッと輝いたような気がしたかと思うと、急に胸が熱くなった。すると、華のことが気になり、さっきまで会わせる顔が無いと思っていたが、会いたくて仕方なくなった。そのまま朝になるのを待って、華に会いに出掛けたのだった。

ジフンがホテルに着くと、華はすでにチェックアウトした後だった。そのままジフンは空港へ向かった。土曜日なのに道は意外と混んでいて、思ったより時間が掛かってしまった。空港の掲示板を見ると、もう日本行きの便は出発した後だったが、午前中の便がもう一便残っていたので、空港の中を歩き回った。でも、華の姿は見当たらなかった。あまりにもウロウロしていたので、周囲の人たちが気づき始め、ジフンは仕方なく帰ることにした。

その日の夕方、華は真っ直ぐ空港から家に帰って来て、早速仕事をしていた。両親は揃ってどこかへ出掛けていて、家には華一人だった。

十時頃、玄関のチャイムが鳴ったので、両親が帰って来たと思った華は何の確認もせずに玄関の扉を開けた。

するとそこに立っていたのは、ジフンだった。華はあまりにも驚いて、そのままジフンを眺めて突っ立っていた。

「急に来て驚かせたかな？　でも、とりあえず入れてもらえると嬉しいんだけど」

その言葉で我に返った華は、

「どうぞ」

そう言って、リビングに案内した。ジフンにソファーに座るように勧めると、

「あの……どうして……」

「雪さんに教えてもらいました。朝、空港に行ったけど間に合わなくて、それで日本行きの便を探したら最終しか空いてなくて……。こんな時間に悪いと思ったんだけど、明日は午後から仕事があるし、それに、どうしても今日中に華と会って話したかったから。昨日の試写会でのことだけど、あれは」

ジフンが説明しようとすると、華は話を遮った。

「いいんです。もういいですから」

「何が？　何がいいの？　君にあんな顔をされたまま帰られたらぼくは堪らないよ。どう受け取ったかは知らないけど、ぼくは、そんな不誠実な男じゃないし、君のことをとても真剣に考えているんだ」

華はいつも穏やかなジフンが声を荒立たせて言っているので、怒られた子供のように小さくな

って、何も言えなくなった。その様子を見たジフンは自分が興奮していることに気づいた。

「ごめん。謝りに来たのに……華、お願いだから、もういいなんて言わないで。ぼくのこと信じて。今日は会えて良かったよ。じゃあ、ぼくはこれで……。遅くに悪かったね」

ソファーから立ち上がるジフンに華は声を掛けた。

「今からどこへ？」

「朝一番の飛行機で帰るから、空港に行って待ってるよ」

「だったら、ここにいてください。飛行機の時間までここで休んでください。一晩空港で過ごすなんてダメです」

「でも、今、華一人でしょ？　やっぱりダメだよ」

「大丈夫。もう直ぐ両親も帰ってくるし、母はジフンさんのファンだから、このまま帰したら私が叱られると思います」

「ベッドの仕度をしてきますね」

「あっ、それより華と話がしたい。こんなチャンスめったにないから」

間もなく華の両親が帰ってきた。当然、ジフンの訪問には驚いたが、母親は大歓迎だった。ジフンと話そうとしている母親を父親が気を利かせて部屋へ連れて行った。その様子がコミカルだったので、華もジフンも笑いが止まらなかった。

それから、朝になるまで二人は話した。友人のこと、仕事のこと、学生時代のことなど、色々なことを話した。そして、迎えのタクシーが来てジフンは帰っていった。

ジフンを見送った後、華は一眠りしようとベッドに入ったが、なかなか眠れなかった。

昨日の夜、ジフンが来てから帰るまでのことが、何だか現実に思えなかった。ソウルからの帰りのリムジンの中で、すべて無かったことにしようと誓ったのに、すっかりどこかへ行ってしまった。華はあまりにも簡単に崩れる自分の意思の弱さを反省しながら、起きて仕事に取り掛かった。


それから数週間が経ち、華とジフンは時々メールのやり取りをしていたが、ジフンがドラマの撮影に入り忙しく、華もいくつかの締め切りに追われ、連絡を取る暇が無かった。それでも華は一応韓国のメディアをインターネットでチェックしていた。やはりまだジフンと例の女優との熱愛報道は続いていたが、華はジフンの言葉を信じることにしていた。それに、右京が言っていた覚悟とは、こういうことなのだろうと思っていた。


今日は出版社で打ち合わせがあるので、華は久し振りに街に出ていた。打ち合わせの前にお気に入りのブティックへ寄って、取材用の服やプライベート用の服を何着か購入した。華は思った。昔は洋服や靴を買ってテンションを上げる人を不思議に思ったが、今はその気持ちが理解できる。

上機嫌になった華は、出版社に向かった。到着すると、すぐに会議室に通された。しばらくすると、担当編集者のあやこがやって来た。

「先生、お待たせしました。お飲み物はいつものソイラテでいいですか?」

「ええ、ありがとう」

「先生、この間ソウルで打ち合わせした出版社の方から表紙やポスターのサンプルが上がってきたんですが、いくつか細かい打ち合わせもあるので、日本かソウルのどちらかで、もう一度時間を作って欲しいと言ってきてます。どうされますか？　先生のスケジュールに合わせますが……」

「私はどちらでも構わないわよ。でも、あちらの方が人数が多いから来ていただくのが大変だったら、私とあやちゃんが行けばいいんじゃない？」

あやこは華の顔を見てニッコリとすると、

「じゃあ、行きましょう先生。やったぁ、また堂々と仕事でソウルに行けるんですよね」

素直に喜ぶあやこを見ながら、顔には出さなかったが、実は華もソウルに行けることが嬉しかった。ただジフンの顔が見たいという理由だけでソウルに行くのは気が引けて行きづらかったので、仕事と名目が付くだけでホットした。

「ところで、先生　右京さんって独身ですか？」

「ええ、そう聞いてるけど、どうして？　あっ、まさかあやちゃん右京さんのこと気に入ってるの？」

あやこの顔が真っ赤になったかと思うと、言い訳をし始めた。

「いや、そうじゃなくて、ちょっとどうかなって思っただけです。先生、右京さんに言っちゃダメですよ。それに、恋人とかいるかも知れないし……」

「大丈夫よ。あの性格で恋人がいるとは思えないもの」

そこへ、編集長たちが会議室に入ってきたので、話は中断された。

翌日、華は東京の郊外にある墓地にいた。大学の恩師であった松田先生のお墓参りだった。松田先生が右京の姉であった事を知り、世間は狭いものだと思うと同時に、今までとは違い、右京に対して懐かしいものを感じるようになっていた。松田先生から右京の話をよく聞いていたからだと華は思ったが、不思議な縁があるのかも知れないと思っていた。

華が松田先生のお墓がある所へ向かって歩いていると、前に男性が歩いていた。華は、見覚えのある後ろ姿だとは思ったが、声を掛けて人違いだったら嫌なので、そのまま黙って後ろを歩いていた。しばらく行って、男性が立ち止まったのは、松田先生のお墓の前だった。

「右京さん」

華が声を掛けると右京は驚いて振り返った。

「華ちゃん　君も来てくれたの。わざわざありがとう。姉も喜んでるよ。いつまでも教え子が来てくれて」

「右京さんは、毎年ソウルから命日に帰って来られてたんですか？　いつも私が来る前にお花が供えてあったから、ご家族がいらしたんだと思ってたんですが、右京さんだったんですね」

「じゃあ、華ちゃんは毎年来てくれてたんだ。ありがとう」

二人は揃って手を合わせた。

華は、右京がソウルで会った時とは違って、随分素直で自分に向かって何度もありがとうというので、何か調子が狂ってしまった。

お参りが終わると、右京が、

「華ちゃん　この後何か予定ある？　もしなければお茶でもどうかなと思って」

　華は時計を見ながら答えた。

「ええ、大丈夫です。家で原稿は待ってるんですけど、もう少し待たせておきます」


　二人は墓地からそう遠くないカフェに入った。

「ここ素敵でしょ？　いつもお参りした後、一人でお茶を飲んで、先生の詩集を読んで初心に戻るんです」

「ぼくは、先生としての姉を知らないんだ。でも、華ちゃんみたいにいつまでも覚えていてくれる生徒がいるってことは、きっといい先生だったんだろうね。ぼくは、姉に甘えてばかりで、結局最後まで何もしてあげることができなかった。ダメな弟だよ」

「そんなことないですよ。先生は右京さんのこと、とても大切に思ってらしたんですよ。先生は、弟の顔を見ると元気が出るし、世話を焼く人がいるって、本当に素晴らしいことだって、おっしゃってました。私は、先生みたいなお姉さんが欲しかったから、先生の弟さんが羨ましかったんです。それが、右京さんだったなんて、今でも驚きです」

　華の話を聞きながら、右京は華が元気なので安心した。試写会の日のことが気になっていたのだが、電話をして大丈夫かと聞くような事ではないので、ずっと気がかりだった。

「それにしても、華ちゃんとは偶然が多いよね。ぼくたち縁があるんだね。これも運命っていうのかな?」

　右京の言葉を聞いて、華は突然笑い出した。

「右京さんの口から運命なんて言葉が出ると思いませんでした。だって、そういう乙女チックなこと絶対言わないタイプに見えましたから。――笑ったらお腹空きました。右京さんも都内に帰られるんでしょ? 私の車で送りますから、美味しいものご馳走してください。さあ、行きましょう」

　右京はやれやれという表情で華に付いて行った。


　二人は右京が泊まっているホテルのレストランで食事を済ませた。そして、右京は華を地下の駐車場まで送っていった。

「華ちゃん、今日は姉の命日を覚えていてくれてありがとう。姉もきっと嬉しく思っているよ」

「いいえ、私の方こそご馳走になっちゃって、ありがとうございました。ところで、明日帰るんですか?」

「うん、仕事が休めなくて……。今日も無理矢理休んできたから、ユンスが一人で困っているかもしれない。――仕事の話が出たついでだけど、もう一度、ミーティングしたいんだけど、スケジュール一杯かな?」

「あっ、そうだ、実は近々にソウルに行く予定なんです。この間の出版の件で。まだはっきりと日程が決まってないので、決まり次第連絡します。

それと、編集者のあやちゃんを覚えてますか？　彼女が右京さんに会いたがってました」

「どうして？　何か用かな？」

華は右京の顔を見て、この人もしかして、相当鈍い？　と思ったが、

「さあ、なぜでしょうね」

と、笑って流した。

「じゃあ、私はこれで……。ユンスさんによろしく。雪にはまた連絡入れますから」

そう言って、車のドアを開けた時、

「あっ、華ちゃん……あの……何でもない、気をつけて」

右京は何か言いたげだったが、それだけ言うと走るようにエレベーターホールへ入ってしまった。右京は華にジフンのことを聞こうとしたが、自分が首を突っ込む問題ではないので、言葉を飲み込んだのだった。

エレベーターの鏡の中から、ジェニーが右京を睨みつけている。

――もう、右京ったらダメね。どうして自分の気持ちを隠してしまうのかしら？　本当は華のこと好きなのに、自分の気持ちに正直になれないのよね。――孤独に慣れてしまうと、人と係わることに臆病になってしまうのかしら？　でも、大丈夫よ。孤独は魔法のクリーナーで拭いてあげられないけど、愛の輝きで消すことができるはず。でも、愛されるって、意外と難しいものなのよ。華は今、ジフンのことが……このままいけば、ジフンを愛することになりそうだし、うーん、ジフンの鏡も孤独で曇っていたから、愛の輝きは必要だし……これは私が悩む問題じゃない

わよね。私は鏡の精として、どちらの鏡も救いたいけど……。あーあ、こんなことじゃ鏡の精失格だわ。二人の鏡に何もしてあげられないなんて。ただ見守るだけの無能な精だわ。あっ、いけないいけない！　私まで落ち込んでどうするのよ！　せめて華の鏡だけでも磨きにいこう。

ジェニーは、いつになくしょんぼりしながら、鏡のトンネルへ消えていった。


十日後、華とあやこはソウルに来ていた。午前中に空港に着くと、早速出版社へ向かった。リムジンの中で、あやこが申し訳なさそうに言った。

「先生、今回は二泊三日なのに取材や打ち合わせがたくさん入ってしまい、自由な時間が取れなくてすみません。もう少し余裕を持たせたかったんですが……」

「いいのよ。気にしないで、仕事で来たんだから。それに私も遊ぶ暇なんて無いしね。あやちゃんがもう少し締め切りを延ばしてくれれば、余裕もあるんだけどね」

「先生、何を言うんですか。それだけはできません。じゃあ、がんばりましょう」

華はあやこのガッツポーズを見て苦笑いをした。今回のソウルの日程が決まった時、華はジフンに一応メールを入れておいたのだが、ジフンからの返事はなかった。きっと忙しくて、メールを返す暇が無いのかも知れないと思っていた。

出版社との打ち合わせはかなり時間が掛かってしまった。

「先生、お疲れ様でした。もうこんな時間ですね」

あやこに言われて時計に目をやった。もう九時を過ぎている。

「あやちゃんこそ、お疲れ様。じゃあ、食事してホテルに戻りましょうか。明日は何時だったかしら？」

「明日は九時に現地なので、ホテルを八時二十分位に出れば大丈夫だと思います。先生、お腹空きましたね。何を食べますか？　ソウルに来たら食べたい物がいっぱいなんですよね」

「じゃあ、チゲ鍋は？　前に雪に連れて来てもらったお店が、確かこの近くなのよ。行きましょう」

二人は華やかな看板が並ぶ通りを歩いていった。


その日の十二時過ぎ、華はホテルの部屋で原稿を書いていた。すると、携帯が鳴った。華は雪かと思い、携帯を見るとジフンからだった。華は少し呼吸を整えてから出た。

「もしもし、華？　ジフンです。遅くにごめん。今、撮影が終わったところなんだ」

「うん、大丈夫、まだ仕事していたから。ジフンさんこそ遅くまで大変ですね」

「今日は早く終わった方なんだ。ここ数日はずっと徹夜だったから。それより、今ソウルにいるんだよね？　いつまでいるの？」

「明後日の夕方に帰ります」

「随分早いんだね」

「今回は仕事のためだけで来たから、全然時間無くて」

「そうかぁ……」

そう言って一瞬沈黙した後、

「今から向かえに行くよ。いい？」

と、突然言った。華は、今から？　と思ったが会いたかったので、

「分かりました。すぐ仕度します」

と、言ってしまった。

電話を切ってから、華は洋服を着替え簡単にメイクをして、大急ぎで待ち合わせの駐車場へ行った。華が駐車場に着くと、すでにジフンは待っていた。ジフンは素早く車から降りると助手席のドアを開け華を乗せた。車に乗り込んでからの数分間は二人ともぎこちなく、会話も続かなかった。ジフンが初めて華を連れてきたハンガンの河川敷にある公園にやって来た。車を停めるとジフンは華の方を向いてサングラスを外した。

「会えて嬉しいよ。ぼくがどんなに華に会いたかったか分かる？」

華はジフンに見つめられてそんな風に言われると、ドキドキして、どう答えていいのか分からなかった。何も話さない華を不安そうに見つめながらジフンが聞いた。

「華はまだ、ぼくのことを好きじゃないんだね。困らないで。ゆっくり好きになってくれたらいいから」

華はジフンに申し訳なく思ってしまった。「好きじゃないんだね」と言われ、すぐに否定すべきなのに、何故かできなかった。

「私にとってジフンさんのことは、突然すぎて、気持ちが付いていってないんです。自分でも本

当に分からないんです。一緒にいた時間も短いし、それに、ジフンさんのこと信じているんですが、あの噂になった女優さんのことも上手く消化できていないんです。

色々な話を書きすぎたせいか、恋愛を現実として捉えられなくなっているのかも知れません。変な職業病ですよね。自分自身が恋愛すると本が書けなくなってしまいそうで、怖いっていう気持ちもあるんです。でも、ジフンさんのことは、真剣に考えています。あっ、私って重いですか？　こんなこと言ったら負担になってしまいますよね。私、軽い恋愛できなくて、あの、私何を言ってるんだろう。ごめんなさい」

そう言って華が下を向くと、いきなりジフンが抱きしめた。

「華、ありがとう。ぼくのこと、そんなに真剣に考えてくれてたんだ。やっぱり華は、ぼくが思ってた通りの人だよ。でも、華のぼくに対する今の気持ちこそ普通、「愛」っていうんじゃないかな。今は突然のことで迷っているかもしれないけれど、きっとぼくが、華の気持ちが迷わないようにしてみせる。華はただ、ぼくを忘れないでいてくれればいい」

ジフンの言葉は華の心に温かいものを伝えた。華はジフンに抱きしめられながら、とても安心した気持ちになるのを感じた。

——そうよ、これが愛情なんだわ。激しい喜びや怒りだけが愛の形ではない。相手を包み込む温もり、優しさこそが愛なんだわ。私って、恋愛小説を書いているくせに、どうしてこんな大切なことに気づかなかったのかしら。

翌朝、鏡の前で化粧をしている華をジェニーは見ていた。

——華ったら、また綺麗になったわ。やっと心の鏡に愛の光が輝き出したわ。きっとジフンの心の鏡に宿る孤独が消えるのも時間の問題ね。後は、右京の孤独の鏡が気になるけど……。

そこへ部屋のチャイムが鳴って、ジェニーの考え事は中断された。


「はーい」

「華先生、あやこです。お迎えに来ました」

華は急いでドアを開けた。すると、そこに立っていたあやこは、いつもと何かが違っていた。

「おはよう。あやちゃん今日はどうしたの？　いつもと雰囲気が違うけど」

あやこのいつもの格好は、パンツスーツやデニムにジャケットといった「仕事のできる女」風にきめているのに、今日は、淡いピンクのブラウスにグレーのフレアースカートといった可愛い系のファッションだった。

「あっと、そうか、今日はユンスさんの配給会社で打ち合わせだから、当然右京さんもいるもんねえ。あやちゃんって意外と分かりやすい性格よね」

「違いますよ。たまたまです。さあ、先生行きますよ。朝食は何にしますか？」

そう言うとスタスタとエレベーターに向かって歩いていった。


夕方、華とあやこはユンスの会社にやって来た。オフィスに通されると、すでにユンスと右京が待っていた。ユンスは相変わらずの紳士ぶりで二人を迎えた。

「忙しいのに時間を作ってもらって、ありがとう。早速だけど、この間のオファーの内容を見直したので、右京から説明させてもらいます」

右京は珍しく礼儀正しく挨拶をすると、説明を始めた。

「以上が当社として見直した企画案です。どうかな？　修正や削除箇所があれば遠慮なくどうぞ」

右京の説明が終わると、あやこが感心したように言った。

「右京プロデューサー、凄いです。よく華先生のことをここまで理解なさいましたね。この案なら華先生も無理なく書くことができると思いますし、内容もとても斬新で良いと思いました。これが映画になったら、きっと素晴らしいものになると思います」

「いやあ、そこまで言ってもらえると嬉しいなあ」

と、右京が照れると、華もやっと口を開いた。

「本当に右京さん凄いわ。私も期待に答えられるように頑張ります」

「じゃあ、話も上手くいったことだし、これから皆で食事に行こう。雪にも電話して来させるよ」

ユンスがそう言うと、直ぐに返事したのは、あやこだった。

「はい、喜んで。ねえ、華先生」

華は少々呆れ顔で微笑んだ。

雪も含め五人は韓国料理の店で食事をした。緊張したのかあやこは一人で焼酎を三本ほど飲み、食事が終わる頃には、すっかり酔っ払っていた。華一人であやこを連れて帰るのは無理なので、右京がホテルまで送ってくれることになった。あやこをホテルのベッドに寝かせ、華と右京は部屋を出た。

「ありがとう　右京さん。いつもはあやちゃんあんなに飲んだりしないんだけど……」

「構わないよ。編集者って結構ストレス溜まる仕事だし、彼女若いのに頑張ってるから、疲れてたんだよ。そうだ。華ちゃん　もう少し飲まないか？」

「ええ」

華はわざわざ送ってきてくれた右京の誘いを断るのも悪いと思い、付き合うことにした。

二人は前にも来たことのあるホテルの地下にあるバーにやって来た。席に着いて注文をした後、すぐに華の携帯が鳴った。

「もしもし、あっ、今ホテルのバーにいるの。右京さんと一緒よ。ええ、分かりました」

華が電話を切ると、右京が聞いた。

「誰？　もしかして、ジフン？　華ちゃんたち付き合ってるの？」

「いえ、何ていうか、付き合ってるような、いないような……まだはっきりとは……」

すると、右京が急に真面目な顔で、言った。

「やめた方がいいよ。いや、こういう言い方は適切じゃないな。ぼくは、華ちゃんに辛い想いをして欲しくないんだ。前にも言ったけど、芸能人と付き合うなんて、普通の神経では無理だ。華ちゃんみたいな繊細な人にはもっと無理だ」

「右京さん、酷過ぎます。プライベートなことは右京さんに関係ないじゃないですか」

「関係なくないんだよ。ぼくは華ちゃんのことが好きだから、華ちゃんが幸せになるなら黙って見ているつもりだったけど、本当のところ、華ちゃんだって迷ってるだろ？　華ちゃんは笑ったけど、姉の墓の前で会った時、ぼくは本当に運命ってあるんだと確信したんだ。だから、ぼくのことも考えて欲しいんだ」

右京が話し終えると、いつの間にかジフンが来ていた。

「ちょっと待ってください、右京プロデューサー。ぼくの居ないところで、そんなこと言うのは卑怯じゃないですか？」

そう言いながらジフンは華の隣に座った。華は驚いて声も出なかった。まさか右京から告白され、それをジフンが聞いていたなんて、作家としてもこんな最悪のシュチュエーションは書きたくないと思った。

「私、お先に失礼します」

華は自分のために誰かがもめるのは嫌だったので、席を立った。


部屋に戻った華はまたバスルームのスツールに座り、鏡に映る自分の顔を黙って見ていた。しばらくしてから、急にたちあがり、鏡の前に両手をついて話しだした。

――華、落ち着くのよ。一体どうなってるの？　二人の男性から同時期に告白されるなんて！　こういう時はどうすればいいの？　でも、元々はジフンさんと付き合うことを前向きに考えていたのよね。そこへ右京さんが突然登場した。右京さんのせいで……。でも、それは私のジフンさんに対する気持ちが揺れているから？　別に右京さんが悪いんじゃない。もし、右京さんが何も言わなければ、私はジフンさんと付き合っていただろうか？　右京さんが松田先生の弟じゃなかったら、私は右京さんのことちゃんと見ていただろうか？　なぜこんなに複雑な気持ちになるんだろう？　もう分からない！

華はそのまま洗面台に突っ伏してしまった。

ジェニーは、鏡の中で華の真正面に座り、華の独り言を聞いていた。

――うーん、難しいわね。いえ、簡単かも。だってどちらか一人選べばいいだけだもの。でも、華にはできないわ。人を傷つけることなんて……。ジフンの愛情を受け入れそうになっていたけど、右京が出てきたらどうなるか分からないわ。だって、華の鏡には右京も映っていたし、――本人が気づかないうちに、右京も華の心の鏡に入り込んでいたんだもの。

うーん、華はどう決断するのかしら？　私は心の鏡が曇れば拭いてあげられるけど、心そのものの迷いや悩みはどうしてあげることもできないから――ただ見守るだけ。他になにができるだろう？

ジェニーは考えながら鏡のトンネルに消えていった。

翌日、華はジフンと右京にメールを送った。

『しばらく仕事に集中したいので、連絡は取りません。作品ができ上がったら連絡させていただきます。わがままを言って、ごめんなさい。どうかご理解ください』

という同じ文面だった。


華が二人にメールを送ってから二ヶ月が経った。華は二本の新作を持ってソウルに来ていた。一本はジフンのために、もう一本は右京のためだった。

華は、先ずジフンに連絡を取った。待ち合わせ場所にジフンが現れた。久し振りに会うジフンは相変わらずの優しい笑顔だった。

「華、元気だった？　連絡をくれるのをずっと待ってたよ。正直待ち切れないと思って、何度か日本に行こうと思ったけど、華のお願いだから我慢したよ」

「わがまま言ってごめんなさい。ジフンさんも元気そうで良かったです。今やってるドラマ、とても面白いですね。毎週楽しみに見てます。それと、これお約束していた本です。一度読んでみてください。まだ誰にも見せてないんです。ジフンさんに一番最初に読んで欲しかったから」

「ありがとう。嬉しいよ。早速読ませてもらうよ。それと……あの……」

「ジフンさんごめんなさい。私、ジフンさんのこと好きです」

「えっ、じゃあ、なぜ謝るの？」

戸惑った様子でジフンが聞いた。

「私、右京さんのことも好きだと思います。たぶん二人とも私にとって大切な人になってしまったみたいです。二人を好きな気持ちが友情なのか愛情なのか、今の私には区別がつかないんです。こんな気持ちでジフンさんと付き合うことはできません。少しでもジフンさんを裏切りたくないんです」

「謝らないで、謝られると返って辛くなるから。華って正直だね。本当のことを言わなくても、適当に断れば済むのに……。分かった。今は、とりあえず……」

「とりあえずって、どういう意味ですか？」

「恋人にはなれなかったけど、友達だろ？　だったら友達として華の側にいるよ。そして、華の気持ちがぼくに傾くように努力するよ。安心して、無理に迫ったりしないから。それくらい良いだろ？」

「ありがとう。ジフンさん……」

そう言いながら華は胸が詰まるのを感じた。


ジフンと別れてから、華は右京の会社へ向かった。受付で右京を呼び出してもらっていると、ちょうど外出から戻ったユンスと出会った。

「華ちゃん　どうしたの？　受付なんか通さなくても直接ぼくか右京のところに来ればいいのに」

「ええ、でも急に来たから、二人とも忙しいと思って」

「とりあえず入って、右京もすぐに戻ると思うから」

華はユンスについてオフィスに入った。

「今回は仕事？　プライベート？　雪からは何も聞いてなかったなあ」

「まだ雪にも連絡していないんです。もちろん後でするつもりですけど……」

二人が話しているところへ、右京が走ってきて乱暴にドアを開けた。

「華ちゃんが来てるんだって？　あっ、ホントだ。もう連絡くれないいんじゃないかって、心配してたんだ」

慌てた様子の右京を見て、気を利かせたたのか、ユンスは会議があると言って部屋を出ていった。

右京は華の正面に座ると真っ直ぐ華の顔を見た。

「右京さん、これでき上がったんですが、一度読んでみてください。右京さんに言われたコンセプトは守ったつもりなんですが……」

「ありがとう。でも、これを書くためだけにぼくと連絡を絶ったわけじゃないだろ？」

「はい、そうです」

「じゃあ、考えてくれたの、ぼくのこと」

「ごめんなさい。私、右京さんとはお付き合いできません」

「やっぱりジフンと付き合うの？」

「いえ、ジフンさんとも付き合いません」

「だったらどうして？」

華は右京の顔を真っ直ぐ見て話し出した。

「私、欲張りかもしれませんが、右京さんのこともジフンさんのことも好きです。でも、それが友情なのか愛情なのか……。今は仕事を頑張ろうと思います。そうしたらそのうちに、神様が愛する人を教えてくださるかも。それに、私は右京さんと出会わせてくれた先生にも感謝しています」

話し終えた華の表情は何か吹っ切れたように輝いていた。右京は無言だったが、その表情は柔らかだった。華の言葉を受け入れたようだった。

ジェニーはオフィスの鏡からこの様子をずっと見ていた。

――華ったら、とても大人になったわ。そうよ、無理にどちらかを選ばなくても、本当に縁があれば必ず結ばれるもの。運命の女神様が離した糸は途中で絡まってどうにもならないときがあるけど、時が経てば絡まった糸が自然に解れて運命の相手へと繋がるようになっているから。――私は運命の女神にはなれないけど、これからも華の心の鏡を見守ることはできるわ。それに、華の鏡には、凄いパワーがあることも分かったし。だって、あんなに孤独で暗くなった鏡を照らしたのよ。それも二人の心の鏡を……。孤独の鏡の中に希望の光が宿った時、その光はいつか人の心を優しく包む愛の光に変わるはず。

また人間の心の鏡の不思議な力を見せてもらったわ。やっぱり鏡の精ってやめられないわ。

さあ、今度は、どんな素敵な鏡と出会えるのかしら……。

白濱千晶（しらはま　ちあき）

京都市出身　10月10日生　A型
L.A.・サンフランシスコ・シアトルの留学を経て、大学卒業後、役員秘書に
趣味は旅行

鏡越しのラブストーリー

二〇〇九年一一月一八日　第一刷発行
定価はカバーに表示してあります

著　者　白濱千晶《しらはまちあき》
発行者　平谷茂政
発行所　東洋出版株式会社
東京都文京区関口1-44-4, 112-0014
電話（営業部）03-5261-1004　（編集部）03-5261-1063
振替　00110-2-175030
http://www.toyo-shuppan.com/
印刷　日本ハイコム株式会社
製本　株式会社三森製本所
 ISBN 978-4-8096-7609-3